Nous remercions le ministère du Patrimoine canadien,
la SODEC et le Conseil des Arts du Canada
de l'aide accordée à notre programme de publication

Patrimoine canadien | Canadian Heritage

SODEC Québec

Le Conseil des Arts du Canada depuis 1957 | The Canada Council for the Arts since 1957

ainsi que le Gouvernement du Québec
– Programme de crédit d'impôt
pour l'édition de livres
– Gestion SODEC.

Photo-montage de la couverture :
Gérard Frischeteau

Couverture :
Conception Grafikar

Édition électronique :
Infographie DN

Dépôt légal : 2e trimestre 2004
Bibliothèque nationale du Canada
Bibliothèque nationale du Québec

123456789 0987654

ISBN 2-89051-880-9
10831

Au petit matin

L'édition originale en langue anglaise
de cet ouvrage a été publiée par
Kids Can Press sous le titre
And in the Morning

Cette traduction n'aurait pas été possible
sans l'aide du Conseil des Arts du Canada

Données de catalogage avant publication (Canada)

Wilson, John (John Alexander) 1951-

[And in the morning. Français]

Au petit matin

(Collection Deux solitudes, jeunesse ; 38)
Traduction de : And in the Morning.
Pour les jeunes de 14 ans et plus.

ISBN 2-89051-880-9

I. Chabin, Laurent, 1957- . II. Titre
III. Titre : And in the Morning. Français IV. Collection :
Collection Deux solitudes, jeunesse ; 38

PS8595.1583A8514 2004 jC813'.54 C2004-940693-0
PS9595.1583A8514 2004

John Wilson

Au petit matin

traduit de l'anglais par
Laurent Chabin

ÉDITIONS
PIERRE TISSEYRE

5757, rue Cypihot, Saint-Laurent (Québec) H4S 1R3
Téléphone: (514) 334-2690 – Télécopieur: (514) 334-8395
Courriel: ed.tisseyre@erpi.com

Pour le soldat de 2e classe
Richard Symons Hay, S/14143
7e bataillon des Cameron
Highlanders

Né à Ayr, en Écosse,
et tombé au champ d'honneur
le 25 septembre 1915,
à Loos, en Belgique

Mon arrière-grand-père m'a offert un cadeau le jour de mes seize ans, bien qu'il soit mort l'année de ma naissance. Le paquet avait été conservé par mon père et, soudain, il se trouvait là pour mon anniversaire, presque caché parmi de plus gros cadeaux aux couleurs vives. Il était enveloppé dans un épais papier d'emballage, attaché avec une vieille ficelle jaunie, et il sentait vaguement le moisi.

C'est seulement plus tard, après l'excitation de la fête, alors que j'étais assis dans ma chambre, que je m'en suis souvenu. Je ne voyais pas ce que le vieil homme aux cheveux gris de l'album de famille pouvait me donner d'intéressant, mais je me suis attaqué à cette ficelle pleine de nœuds, histoire de m'occuper à quelque chose.

Dans l'emballage se trouvait un journal à la couverture de cuir souple, sur lequel était écrit PERSONNEL à l'encre noire. Les pages étaient recouvertes d'une écriture fine et nette ; entre elles étaient intercalés des lettres, des coupures de presse, des documents et une vieille photo sépia, sur un papier cartonné, de la taille environ d'une carte postale. Sur la photo, un soldat se tenait raide, le regard fixé sur l'objectif. Il portait un béret avec une sorte d'insigne, une veste avec quatre grandes poches et un kilt.

J'ai posé la photo sur l'étagère au-dessus de mon lit et j'ai ouvert le journal. Au début se trouvait une lettre qui me semblait plutôt récente, dont l'écriture était large et tremblée. Elle m'était adressée.

Cher Jim,

J'espère que tu es en train de lire ceci le jour de ton seizième anniversaire. Pour l'instant, tu n'es qu'un bébé et je ne vivrai pas assez pour te voir grandir, mais, lorsque tu prendras connaissance de cette lettre, tu seras assez âgé pour comprendre.

Ce journal, ces lettres et ces extraits de presse racontent l'histoire d'un autre Jim. Quand il a commencé à écrire, il avait ton âge. Tu trouveras parmi ces pages des choses merveilleuses et des choses terribles, à propos de Jim et du monde étrange dans lequel il vivait. Mais tu apprendras également à propos de toi-même. Chaque famille a ses secrets. La nôtre n'échappe pas à la règle. Un secret concerne le garçon qui a écrit ce journal.

Bonne chance,
Robert

Mardi 4 août 1914

Ça va être la guerre ! L'Allemagne a envahi la Belgique ! À moins qu'elle ne s'arrête là, demain nous serons en guerre. Tout le monde ne parle que de ça.

Hier, maman, papa et moi avons profité du congé de la banque pour prendre le train et aller à la plage, à Largs. Mon ami Iain est venu avec nous. Il habite avec sa vieille tante Sadie, qui est une personne délicieuse mais qui n'a pas le temps pour les bains de foule au bord de la mer. La plage était noire de monde – même la guerre ne peut empêcher un jour férié – et l'eau était superbement froide après notre longue exposition à la chaleur du soleil. Notre wagon, au retour vers Paisley, était rempli de braves soldats qui se hâtaient de rejoindre leurs quartiers pour prendre leur service. Ils débordaient d'enthousiasme, fumaient, riaient et chantaient des chansons. À part « Tipperary », maman ne souhaitait pas que nous prêtions trop d'attention aux paroles. Papa était d'un calme inhabituel. Il est réserviste, et sa lettre de mobilisation va arriver d'un jour à l'autre. Alors, il aura sa chance.

Quelle aventure que cette guerre, et si proche du départ de Shackleton[1] pour la tra-

1 Ernest Henry Shackleton, navigateur et explorateur britannique né en Irlande. Il a participé à l'expédition de Scott en Antarctique (1901-1904) et a tenté à plusieurs reprises d'atteindre le pôle Sud (1908, 1914). [Note du traducteur]

versée du grand continent glacé antarctique ! Shackleton est mon héros, mais même sa noble entreprise ne peut se comparer à celle-ci. Je suis tellement excité que je peux à peine demeurer assis assez calmement pour écrire cette page – mais je dois le faire. J'ai promis de commencer ce journal cet été, et quel meilleur jour pour débuter que celui-ci ???

LA GRANDE-BRETAGNE DÉCLARE LA GUERRE À L'ALLEMAGNE

UNE FOULE IMMENSE ACCLAME LEURS MAJESTÉS AU PALAIS

En raison du rejet par le gouvernement allemand, cet été, de la requête présentée par le gouvernement de Sa Majesté concernant l'assurance que la neutralité de la Belgique serait respectée, le gouvernement de Sa Majesté a déclaré au gouvernement allemand qu'un état de guerre existait entre la Grande-Bretagne et l'Allemagne.

Aussitôt après cette déclaration, Sa Majesté le roi George et la reine Mary sont apparus sur le balcon du palais de Buckingham, où la foule rassemblée leur a fait une ovation enflammée. Jamais dans l'histoire, cette nation ne s'était engagée dans une entreprise aussi capitale avec autant d'enthousiasme et de résolution.

Mercredi 5 août

LE PREMIER COMBAT NAVAL DE LA GUERRE. Les crieurs de journaux l'annonçaient dans les rues. Ce matin, le destroyer *Amphion* a croisé un mouilleur de mines allemand, le *Königin Luise*, et l'a coulé. L'engagement a été de courte durée mais il servira d'avertissement : la Royal Navy est là et n'est pas à prendre à la légère.

L'ordre d'appel de papa est arrivé ce matin – un policier a d'abord apporté un télégramme. Je voulais désespérément lui remettre le télégramme moi-même et je me suis rué sur la porte, mais papa devait déjà l'attendre. Il était en train de le lire lorsque j'ai surgi au coin de l'entrée, et il m'a semblé bizarrement triste. Cependant, son visage s'est éclairé quand il m'a vu.

« Eh bien, mon jeune Jimmy, je vais de nouveau être soldat.

— C'est merveilleux ! ai-je laissé échapper. J'espère que la guerre va durer assez longtemps pour que vienne mon tour.

— Oui, a-t-il dit calmement, mais on prétend que c'en sera terminé bientôt. Je crois que je serai de retour pour partager le dîner de Noël avec toi et maman. »

J'ai entendu un sanglot et je me suis retourné juste pour voir le dos de maman disparaître dans le salon. Papa m'a ébouriffé les cheveux et l'a suivie, refermant la porte derrière lui. Pourquoi tout le monde n'est-il pas aussi heureux que moi ?

J'ai écouté à la porte du salon. Il le fallait !

« Pourquoi veux-tu abandonner un bon travail pour être soldat à un shilling par jour ? demandait maman.

— Premièrement, on va me garder ce travail. Je ne pense pas être absent longtemps. Les Français en auront peut-être déjà fini avec les Allemands avant que je n'arrive là-bas. Deuxièmement, je n'ai pas le choix. Regarde ce qu'ils disent. Si je ne me présente pas en personne immédiatement, je serai "passible de poursuites". Voudrais-tu me voir en prison ?

— Je préférerais te voir vivant en prison que mort sur un champ de bataille. »

La discussion s'est arrêtée là ; je n'entendais plus que les pleurs de maman. Que se passe-t-il avec elle ? Ne voit-elle pas la gloire dans tout ça ? Pourquoi doit-elle gâcher le départ de papa ? J'aimerais y aller, moi. Mais je n'ai que seize ans (du moins, je les aurai dans une semaine). Trois ans avant que je puisse m'enrôler, et tout sera terminé d'ici là.

C'EST TROP INJUSTE !

Formulaire de l'armée D.463A.

ARMÉE DE RÉSERVE

(RÉSERVE RÉGULIÈRE UNIQUEMENT)

MOBILISATION GÉNÉRALE

Avis de ralliement à l'armée pour le service permanent

Nom : *William Peter Hay*

Grade : *Sous-lieutenant*

Régiment n° *G/1513*

Vous êtes ici sommé de rejoindre
Le 2e bataillon d'infanterie légère
des Highlands
à *Argyll Barracks, Glasgow*
le *Immédiatement*

À défaut de vous présenter en personne à la date citée, vous serez passible de poursuites.

Vous apporterez avec vous votre « livret », votre acte de naissance, votre carte d'identité et, si vous êtes un réserviste régulier, votre certificat de réserviste.

Des instructions pour obtenir la somme de 3 shillings comme avance sur solde et une feuille de route si nécessaire sont contenues dans votre certificat d'identité.

Si votre certificat d'identité n'est pas en votre possession et que vous n'êtes pas en mesure de rallier votre unité, vous devez vous présenter immédiatement à ce bureau, en personne ou par courrier.

Tampon de l'officier des enregistrements.

Nous sommes allés à la gare cet après-midi pour voir papa prendre le train de Glasgow. Il y avait tellement d'excitation dans l'air que c'en était presque insupportable. Les rues étaient bondées, même si nous n'étions qu'un jour de semaine, et il y avait des drapeaux partout. Depuis High Street jusqu'à Cross, c'était une mer de bérets et de bonnets d'été, d'où émergeaient quelques parasols comme autant de petites voiles. Des groupes d'hommes se tenaient à chaque coin de rue, discutant ou achetant la dernière édition spéciale du *Daily Mail* pour savoir ce qui se passait en Belgique.

Le train était plein de soldats vociférant par les fenêtres et criant des adieux. L'ambiance était joyeuse. On aurait dit qu'ils partaient pour une excursion ou des vacances. Combien j'aurais voulu partir avec eux !

Maman pleurait d'une façon un peu gênante, et je craignais qu'elle ne s'effondre complètement. Heureusement, il y avait d'autres femmes affolées sur le quai et elle ne se faisait pas trop remarquer.

Papa a séché les larmes de maman et il a dit qu'il serait de retour avant qu'elle ait le temps de dire ouf. Il l'a emmenée à l'écart, hors de portée de voix, et il lui a parlé très sérieusement et fermement pendant quelques minutes.

Maman se contentait de hocher la tête et de se tamponner les yeux. Puis papa m'a parlé.

« Eh bien, Jimmy, je te laisse avec un tas de responsabilités pendant mon absence. »

À ces mots, je me suis redressé.

« Les prochaines semaines vont être difficiles pour maman, a-t-il continué. Elle est fragile, alors je veux que tu te comportes bien et que tu l'aides autant que tu le peux à la maison. » J'ai opiné du chef. « Et ne te presse pas de t'enrôler.

— Mais je suis trop jeune, ai-je protesté.

— C'est possible, a fait papa, le visage tendu, mais je ne pense pas que ça arrête grand monde en ce moment. Je n'ai pas le choix, mais toi, tu l'as. La guerre n'est pas la grande aventure que certains voudraient te faire croire. Seuls les fous ou les fanatiques se précipitent à la guerre. Tu n'es pas un fou, mais nous vivons une époque fanatique. Promets-moi de réfléchir sérieusement et de ne pas commettre d'imprudence.

— Je te le promets. »

Le visage de papa s'est détendu. « Je vous écrirai à tous les deux dès que je pourrai, et je veux lire dans les lettres que ta mère m'enverra que tu lui es d'une aide précieuse.

— Je le serai, ai-je dit avec le plus grand sérieux, mais je voudrais partir aussi.

— Tu es trop jeune, a dit papa en souriant, mais je peux te rapporter un souvenir. Qu'est-ce que tu aimerais ?

— Un casque allemand, ai-je répondu immédiatement. Un de ceux qui ont une pointe sur le dessus. » Le sourire de papa s'est fait plus large. « Essaie d'en trouver un troué par une balle.

— Je verrai ce que je peux faire. »

Mais le sourire avait disparu. Puis il a ébouriffé mes cheveux, a embrassé maman et a embarqué dans le train. Nous l'avons suivi des yeux jusqu'à ce que le dernier wagon disparaisse, bien après avoir perdu papa de vue.

Depuis que nous sommes rentrés à la maison, maman s'est enfermée dans sa chambre. Je l'ai entendue sangloter à travers la porte quand je suis aller frapper pour voir comment elle se sentait. Nous avions un souper froid dans le garde-manger, je l'ai donc pris. Je lui ai apporté quelques tranches de viande, mais elle n'a touché à rien. J'espère qu'elle ira mieux après avoir dormi.

LE DESTROYER AMPHION EST COULÉ

IMPORTANTES PERTES HUMAINES

Le destroyer *Amphion* a sombré ce matin après avoir heurté une des mines mouillées hier par le *Königin Luise*. Cent trente hommes ont disparu avec lui. De plus, vingt marins allemands, qui avaient été sauvés par l'*Amphion* lors du naufrage du *Königin Luise*, étaient enfermés dans la cale du destroyer, et ils ont péri, eux aussi.

Jeudi 6 août

Les mines sont une façon tellement lâche de faire la guerre. Mais que peut-on attendre des Allemands ?

Kitchener de Khartoum[2] a été nommé ministre de la Guerre. Il va montrer au Kaiser de quel bois il se chauffe !

Les courageux Belges ont remporté une grande victoire à Liège. Les Huns ont été tués en si grand nombre que l'entassement de leurs cadavres menaçait de bloquer le feu des artilleurs du fort. Pourquoi sont-ils si stupides ? L'armée allemande va rester coincée devant les fortifications de Liège et de Namur jusqu'à ce

2 H. H. Kitchener (1850-1916), 1er comte Kitchener de Khartoum, s'est illustré militairement en Afrique, particulièrement pendant la guerre des Boers, puis en Inde, avant de revenir en Égypte, où il se trouvait à la déclaration de la guerre. [Note du traducteur]

que notre corps expéditionnaire et les Français arrivent et les repoussent jusqu'à Berlin, d'où ils n'auraient jamais dû partir. Papa a raison : tout sera bientôt terminé.

Le *Daily Mail* a recommandé à ses lecteurs de refuser d'être servis au restaurant par des garçons allemands ou autrichiens. Il a aussi publié une carte du continent. Je vais épingler la mienne sur le mur de ma chambre et y reporter les progrès de nos armées – JUSQU'À BERLIN.

Maman est sortie de sa chambre aujourd'hui. Elle avait l'air fatiguée, et j'ai vu ses larmes lorsqu'elle croyait que je ne regardais pas. J'ai essayé de l'aider du mieux que j'ai pu.

Vendredi 7 août

Je suis allé faire un tour en ville aujourd'hui. Pas aussi animée qu'auparavant, mais toujours ce sentiment d'excitation dans l'air. Des affiches de recrutement sont apparues partout.

RASSEMBLEZ-VOUS AUTOUR DU DRAPEAU, LES GARS !

ON DEMANDE
TOUS LES HOMMES VALIDES.

Les journaux disent que même les socialistes approuvent la guerre. Voilà ce qu'il en est de leurs discours pacifistes. L'un d'eux, j'ai oublié son nom, a été tué à Paris pour s'être élevé contre la guerre[3]. Comment peut-on ne pas être enflammé ?

L'armée a ouvert un bureau de recrutement dans High Street, et la queue des hommes qui attendent pour s'engager s'étire tout au long de la côte jusqu'à l'abbaye. Ils ont de la chance. Je suis revenu à la maison, le moral bien bas. Maman dit que je devrais être content, que la guerre est une chose horrible et qu'il n'en sort jamais rien de bon. Elle ne comprend pas. Bien sûr des gens sont blessés à la guerre. Certains perdent des membres, d'autres peuvent même mourir, mais ça fait partie du jeu. Combattre l'ennemi n'aurait pas de sens si cela ne comportait aucun danger. QUAND MON TOUR VA-T-IL VENIR ?

Samedi 8 août

Les Français ont poursuivi l'offensive ! Hier matin, ils ont abattu les barrières de la frontière et ont marché dans la province d'Alsace, qui leur avait été volée. Ils ont pris Altkirch à la baïonnette au cours d'une charge sauvage, et

---

3 Il s'agit de Jean Jaurès, fondateur du journal *L'Humanité*, assassiné par un nationaliste.

on dit qu'ils doivent être maintenant rendus à Mulhouse. Quel moment merveilleux – la cavalerie française avec ses plastrons étincelants, les fantassins dans leurs uniformes bleu et rouge, vengeant glorieusement leur défaite de la dernière guerre. Qu'est-ce qui a fait croire au Hun qu'il pourrait gagner cette fois encore ?

Maintenant que j'ai commencé mon journal, j'y prends plaisir. C'est loin d'être la corvée que je craignais ; j'ai hâte de m'asseoir à la fin de la journée pour me remémorer les événements du jour. Ça m'éclaircit les idées, c'est un moment important. Peut-être que je relirai cela, devenu un vieillard, en 1950 ! Salut, Jim. Comment va ton lumbago ?

Peut-être aussi qu'un jour, quelqu'un d'autre s'y intéressera. Je me le demande.

Je suppose que si jamais la postérité manifeste de l'intérêt pour mes élucubrations, je devrais dire quelque chose à propos de moi-même. Je me nomme Jim Hay. Mon père m'appelle Jimmy, mais tous les autres m'appellent Jim.

J'aurai seize ans mercredi prochain (le 12 août). Mon meilleur ami s'appelle Iain Scott et je suis amoureux d'Anne Cunningham. Dois-je dire ce genre de choses ? Eh bien, voilà qui est fait. Personne ne devrait donc lire ceci. J'aurais dû acheter un journal avec un fermoir et une clé.

Mon père est ingénieur et travaille à l'atelier des locomotives, où il construit des machines qui seront envoyées à travers le monde dans nos colonies. Certaines font même teuf-teuf jusqu'en Inde.

Je suis enfant unique, et je suis venu au monde alors que mes parents étaient mariés depuis bientôt vingt ans. Ce qui fait qu'ils ne sont plus tout jeunes, et je n'ai jamais connu mes grands-parents. En fait, en dehors de mes parents, je n'ai pas de famille du tout.

Quand il était jeune, mon père s'est engagé dans l'armée pour combattre en Afrique dans la guerre des Boers[4]. Il n'en parle pas, mais il a dû se comporter honorablement car il a été promu lieutenant et a reçu des décorations. C'est parce qu'il a participé à cette guerre qu'il est aujourd'hui réserviste et qu'il a été appelé. Bien sûr, de toute façon, il aurait été volontaire.

Bien qu'elle soit âgée, maman est belle. Sa peau est très pâle, et elle est mince et fragile. Je m'imagine presque qu'elle pourrait se casser en tombant. Mais quand elle s'habille pour une occasion spéciale, ou simplement pour aller à l'église le dimanche, elle est rayonnante et je suis très fier.

---

4 Guerre menée par les Boers (descendants des colons néerlandais établis au Cap, en Afrique du Sud) contre la suzeraineté anglaise (1899-1902). [Note du traducteur]

Maman souffre des nerfs. C'est pourquoi je dois prendre soin d'elle pendant que papa est au loin. Une fois, lorsque j'étais petit, j'ai eu une très mauvaise fièvre. Maman a eu les nerfs tellement éprouvés qu'elle a dû rester au lit pendant deux jours. Maman a parfois de ces crises – d'hystérie, comme les appelle papa. J'espère qu'elle n'en aura pas pendant son absence.

Dimanche 9 août

Une journée terrible. Il m'est difficile d'en parler.

Maman ne retrouvait plus son porte-monnaie, avant de sortir pour la messe. Elle est tellement minutieuse, d'habitude, et elle n'est JAMAIS en retard pour quoi que ce soit. Nous avons cherché partout. Maman s'est pas mal énervée. Finalement, le porte-monnaie se trouvait sur sa coiffeuse – je ne sais pas comment elle a pu le manquer ! –, mais nous sommes arrivés en retard à l'église et tout le monde s'est retourné sur nous pour nous regarder.

Pendant l'office, le prêtre nous a parlé des atrocités commises par les Huns en Belgique – villes incendiées, innocents fusillés. Ils ont même massacré des religieuses et embroché des bébés sur leurs baïonnettes. Comment des gens prétendument civilisés peuvent-ils tomber aussi bas ? C'est de la bestialité. J'ai murmuré une prière silencieuse pour que papa et le reste de l'armée donnent au plus vite à ces barbares une leçon qu'ils ne seront pas près d'oublier.

J'ai fait quelques pas avec Anne après la messe. Le discours du prêtre l'avait bouleversée. Je me demande si celui-ci doit vraiment dire des choses pareilles devant les personnes du beau sexe.

Nous sommes descendus jusqu'au vieux moulin, au bord de la rivière. Je crains d'avoir monopolisé la conversation. J'étais en colère à cause des pauvres Belges et je suis parti sur la nécessité d'envoyer notre armée là-bas pour exiger un châtiment. Anne se contentait d'écouter. Elle n'est pas enthousiasmée par la guerre.

Arrivés au moulin, nous sommes tombés sur un groupe de garçons près de l'eau. Certains étaient de mon école. Albert Tomkins se trouvait là, et le plus grand des garçons, le meneur, était Hugh McLean. C'est un dur à cuire qui vient des quartiers pauvres de Glasgow, près des docks. Son père est mort dans un accident aux chantiers navals, et il vit maintenant chez sa grand-mère, ici à Paisley. C'est sans doute la seule raison pour laquelle il ne travaillait pas. Il n'apprend certainement pas grand-chose à l'école.

Quand Anne et moi avons atteint la berge, nous avons soudain pu voir ce qui se passait.

Hugh et les autres étaient réunis autour d'une sorte d'arène grossière faite de vieux morceaux de bois. Au milieu se trouvait un des plus gros rats bruns que j'aie jamais vus. Les rats sont communs autour du moulin – ils se nourrissent des grains perdus –, mais celui-là était énorme.

Chaque garçon était armé d'un bâton à l'extrémité taillée. Ils frappaient le rat en poussant des cris.

« Prends ça, espèce de Hun tueur de bébés !

— C'est juste un avant-goût de ce que les gars vont te faire quand ils seront là-bas !

— Retourne à Berlin d'où tu n'aurais jamais dû sortir ! »

Le rat était exténué. Son poil était hérissé, du sang coulait d'un côté de sa gueule et il avait perdu un œil. Mais il se défendait toujours, mordant les bâtons qui le torturaient.

Tandis que nous regardions, Hugh a enfoncé son bâton dans le flanc de l'animal. La pauvre créature s'est violemment débattue dans l'effort désespéré d'arracher la pointe. Hugh nous a souri, à Anne et moi, et a éclaté d'un rire gras. « C'est ça qu'j'vas faire à un de ces Allemands quand j'vas leur tomber d'sus. »

Anne en a eu le souffle coupé et elle est partie en courant. Je l'ai rattrapée au bord de la route. Elle était secouée de sanglots incontrôlables. Je ne savais pas quoi dire, mais je savais qu'il fallait dire quelque chose. J'ai choisi la mauvaise.

« Ce n'est qu'un rat. »

Anne s'est retournée vers moi. Ses yeux étaient remplis de fureur.

« Ce n'est qu'un rat ! s'est-elle exclamée. Oui, ce n'est qu'un rat, et les Belges ne sont que des bébés et des bonnes sœurs, et les soldats ne sont que des enfants. Est-ce que c'est ce que tu attends de ta précieuse guerre... qu'elle fasse de nous tous des bêtes qui vont torturer des créatures sans défense jusqu'à ce que nous soyons prêts à nous entre-tuer nous-mêmes ? »

Les larmes coulaient sur ses joues. Pendant un instant, j'ai cru qu'elle allait se jeter dans mes bras. J'aurais aimé qu'elle le fasse. Tout ce que je voulais, c'était la prendre dans mes bras pour la consoler. Au lieu de quoi, j'ai encore ouvert mon clapet.

« Anne, ai-je bégayé. Nous ne pouvons pas laisser les Allemands traverser la Belgique. Nous devons leur donner une leçon. Tu dois le comprendre.

— Comprendre ! Je comprends ! a-t-elle crié. Tu n'es qu'un fou, James Hay. Tu vas partir pour la guerre comme tous les autres. Je ne veux pas que tu finisses comme ce pauvre rat. »

Là-dessus, elle m'a repoussé. J'ai chancelé et Anne est partie à grands pas sur la route.

Qu'avait-elle voulu dire ? Je n'allais pas finir comme ce rat. Comment pouvait-elle ne pas soutenir la guerre ?

J'ai passé le reste de la journée à traîner mon ennui. J'espère que demain ça ira mieux.

LES HUNS SONT COINCÉS À LIÈGE

Le Kaiser est en train de se casser les dents sur la puissante forteresse belge de Liège. Depuis des jours maintenant, les armées prussiennes de von Moltke frappent à la porte, mais les courageux Belges ne sont pas disposés à les laisser entrer. Il est impossible de prendre ces solides fortifications par un assaut direct. Le Hun va simplement s'épuiser sur leurs flancs.

Lundi 10 août

Je ne me sens pas tellement mieux, et les nouvelles ne sont pas bonnes. Les Allemands assiègent Anvers et les Français ont battu en retraite et abandonné Mulhouse après de durs combats. Les défenses de Liège tiennent bon.

Iain et moi sommes allés dans High Street aujourd'hui. Il y a toujours de longues queues au bureau de recrutement. Comme nous passions près de la porte, nous avons vu sortir

Hugh McLean et Albert Tomkins, avec des sourires aussi larges que la rivière Clyde.

« Qu'est-ce que vous faisiez là-dedans ? a demandé Iain.

— On s't'engagés, évid'ment. Qu'est-ce tu crois qu'on f'sait ? » a répondu Hugh avec son accent de Glasgow à couper au couteau.

Hugh est taillé à coups de hache et il pourrait aisément faire croire qu'il a dix-huit ou dix-neuf ans.

« Mais vous n'êtes pas assez vieux », ai-je laissé échapper.

Hugh a éclaté de rire. « J'suis assez vieux pour c't'aventure, a-t-il dit. En tout cas, y s'en foutent. Y'avait un gars d'vant moi, l'avait pas quatorze ans. L'a dit au sergent qu'en avait seize, l'andouille. L'sergent l'a r'gardé du haut en bas. "Va faire un tour dans l'parc pour une d'mi-heure, ti-gars, et r'viens quand t'auras dix-neuf ans." C'est comme ça qu'ça se passe. Si t'veux y aller, tu peux.

— Et vous, quand est-ce que vous vous engagez, les gars ? a demandé Albert.

— Pas maintenant, ai-je fait », et j'ai dû baisser les yeux sur le trottoir. Que Hugh s'engage, c'est une chose. Il n'a jamais été à sa place à l'école et il nous a toujours dit qu'il serait mieux à travailler aux chantiers navals sur la Clyde au lieu de rester coincé à Paisley. Mais

Albert ! Il a le même âge que moi et il a même l'air plus jeune. Il est assez grand mais il est maigre, chétif et pâle. Il va jubiler de partir alors que Iain et moi restons là.

« Ah bon ! a dit Hugh qui s'est mis à descendre la rue en fanfaronnant, Albert sur ses talons. Penses-y et traîne pas trop. Elle va pas durer longtemps, c'te guerre, une fois qu'j'y s'rai. »

Iain et moi les avons regardés disparaître dans la foule. La tentation de rejoindre la longue file d'attente était presque insupportable. Pourquoi tout le plaisir devrait-il être réservé aux gars comme Hugh et Albert ?

Je crois que si l'un de nous deux avait prononcé le moindre mot à ce moment-là, nous nous serions retrouvés au bureau de recrutement, pour en regretter les conséquences plus tard. Mais ni l'un ni l'autre n'en a rien fait. Pendant un long moment, nous avons regardé le lent défilé des hommes passant la porte. Puis nous sommes allés traîner dans High Street, en direction de l'abbaye.

Je ne sais pas pour Iain, mais ce qui m'a retenu d'entrer, ce sont les paroles prononcées par Anne hier. J'en suis encore désorienté. Avant de faire quoi que ce soit, je dois tirer les choses au clair.

Après avoir atteint l'abbaye, nous nous sommes assis sur une large pierre tombale couverte de mousse. Elle datait de 1764. J'ai raconté à Iain l'épisode de Hugh et du rat.

« Il ne fera rien de bon, celui-là, a dit Iain. Si quelqu'un doit se prendre une baïonnette allemande, j'espère que ce sera Hugh.

— Iain ! » J'étais choqué mais, au plus profond de moi-même, j'étais d'accord avec lui.

« Tu es fou d'Anne, n'est-ce pas ? a-t-il demandé, changeant de sujet.

— Oui, ai-je admis. Il y a quelque chose de… spécial avec elle.

— Tu l'as embrassée ?

— Non, ai-je répondu.

— Tu voudrais le faire ?

— Bien sûr que oui !

— Alors, fais-le, a-t-il dit. Et fais-le vite. Elle a peut-être raison à propos de la guerre qui nous change, et que nous nous engagions maintenant ou que nous attendions, nous devrons partir tôt ou tard et faire notre part. Ne pars pas sans l'avoir embrassée. »

Iain a un an de plus que moi et il en sait davantage sur les femmes. Il a redoublé une année scolaire – c'est pour ça qu'il est dans ma classe. Ce n'est pas qu'il soit stupide, mais il a grandi en Inde et les écoles là-bas sont différentes. Il est arrivé il y a un an, parlant couramment l'urdu mais incapable de comprendre notre programme de maths. Il semble que ses deux parents soient morts du choléra, alors on l'a envoyé vivre chez sa tante Sadie et terminer sa scolarité ici, à Paisley. Nous sommes devenus amis presque tout de suite.

Iain est plus grand que moi de près de trois pouces. Il a une tignasse brune et la peau brûlée par le soleil. Évidemment, ce n'est pas ce que prétend Hugh. Il traite Iain de « bébé-goudron » et dit qu'il a sucé une brosse à goudron. Iain l'ignore. Les insultes n'ont pas l'air de l'atteindre. Moi, elles me pénètrent profondément et je les couve. Je ne sais pas ce que je ferais sans un ami comme Iain.

« Devrions-nous nous enrôler ? » ai-je demandé.

Au bout d'un long moment, il a répondu : « Je me pose la question. Je veux faire ma part, et je crois que les Allemands ont besoin d'une bonne leçon. On ne peut pas les laisser attaquer qui ils veulent sans même demander la permission. » Il a réfléchi un instant, puis il a continué : « Si la guerre dure assez longtemps, j'irai. Mais quand je le ferai, je veux que ce soit ma décision, je ne veux pas être simplement entraîné par la foule. »

« De plus, a-t-il ajouté en se tournant vers moi et en souriant, je ne peux pas te laisser derrière, et tu dois rester au moins jusqu'à ce que tu aies tout réglé avec cette Anne de ton cœur. » Il m'a donné une tape amicale sur l'épaule. « Laissons Hugh partir devant. Je doute que les Allemands aient jamais vu quelqu'un comme lui.

— Ou comme Albert, ai-je ajouté. Je me demande s'il sera assez fort pour soulever son fusil. »

Nous avons remonté High Street en riant, bras dessus, bras dessous. Grâce à lui, je me sens un peu mieux, mais il faut que j'arrange les choses avec Anne. Pourquoi la vie est-elle si compliquée ?

Mardi 11 août

Les Belges surprennent tout le monde par la bravoure avec laquelle ils ont bloqué l'avance allemande. Les Français ont l'air de n'aller nulle part. Où est notre armée ?

Je suis allé voir Anne aujourd'hui, mais elle n'était pas chez elle. Est-ce qu'elle m'évite ? Je n'arrête pas de penser à elle.

Anne et son père sont venus du Canada il y a une dizaine d'années. Lui est libre penseur et fortement socialiste, et il a eu des ennuis là-bas. D'après Anne, il avait mené une grève dans une des aciéries de la région de Toronto. Les patrons avaient envoyé la milice et il y avait eu des affrontements. La mère d'Anne était morte de tuberculose l'année précédente et son père ne voulait pas élever Anne dans ce climat de violence, aussi avait-il émigré ici pour travailler aux chantiers navals. Il est toujours socialiste – il a d'étranges idées – mais il ne dirige plus de grèves. Anne tient de lui quelques-unes de ses idées et elle ne mâche pas ses mots. Je ne comprends pas tout ce dont elle parle, mais j'admire énormément son courage. Elle est aussi très belle. Elle a de longs cheveux d'or et de merveilleux yeux d'un vert profond. J'espère qu'elle m'a pardonné notre dispute.

Maman continue de perdre la mémoire. Aujourd'hui, elle a égaré sa barrette favorite et nous avons perdu une heure entière à la chercher avant de la retrouver dans un tiroir de la cuisine. Maman s'est mise en colère et m'a accusé de l'avoir cachée, mais je n'ai pas la moindre idée de comment elle est arrivée là.

C'est demain mon anniversaire. Trop excité pour écrire davantage.

Mercredi 12 août

MON ANNIVERSAIRE ! Enfin, j'ai seize ans. Un pas important qui me rapproche de mon incorporation dans l'armée – encore que, si Hugh a dit vrai, je pourrais m'engager dès maintenant.

Peu de cadeaux, mais tous très spéciaux. Le plus beau était une carte de papa annonçant qu'il était arrivé sain et sauf à son casernement en Angleterre. Il précisait que, le temps que nous recevions ce mot, il serait déjà en route vers le sud pour aller me chercher un casque.

Maman et papa m'ont offert une montre de poche pour moi tout seul. Maman a dit qu'elle n'avait pas eu le temps de la faire graver, mais qu'elle allait le faire. Elle a pleuré quand je l'ai remerciée. Elle est très émotive ces jours-ci.

Il y avait un autre cadeau de papa, qu'il avait acheté avant de partir. C'était un cerf-volant, le plus grand que j'aie jamais vu. Il volera à merveille, mais il n'y avait pas de vent aujourd'hui. Dans sa lettre d'accompagnement, papa disait qu'il n'arrivait pas à se décider entre ça et un jeu de Meccano, tout frais sorti de la nouvelle usine de M. Hornby, à Liverpool. Il a finalement opté pour le cerf-volant parce que ça me ferait sortir au grand air.

Iain est passé. Il m'a apporté un nouveau livre américain d'un dénommé Burroughs. Ça s'appelle *Tarzan, seigneur de la jungle*. J'espère que c'est bon. Je viens justement de terminer *Croc-Blanc*, de Jack London, et je cherchais donc quelque chose à lire.

Anne est venue, elle aussi. Elle m'a également offert un livre, *Bêtes et Superbêtes*, le nouveau recueil de nouvelles de Saki. Anne et moi sommes sortis faire quelques pas. Elle s'est excusée pour son emportement près de la rivière, mais elle a dit qu'elle ne tolérait pas la cruauté, même envers un rat. La guerre la préoccupe autant qu'elle exalte le reste des gens.

« Je suis désolé, moi aussi, ai-je dit. Je n'ai pas aimé non plus voir ce rat torturé. Je suis tellement excité par les nouvelles de la guerre que mes pensées ne sont plus très claires, je suppose.

— C'est là tout le problème, a répondu Anne. Tout le monde, du Kaiser à Kitchener en passant par tous les autres, toi compris, est trop excité pour penser clairement. Personne n'est même autorisé à critiquer la guerre…

— Bien sûr. C'est antipatriotique, ai-je dit en l'interrompant.

— Ce qui est antipatriotique, c'est d'empêcher les gens de dire ce qu'ils pensent et ce qu'ils ressentent. Oh, Jim, le monde entier est en train de devenir fou. Il y a un mois à peine, les gens étaient préoccupés par l'agitation en Irlande[5]. Ils faisaient des projets pour leurs vacances, ils pensaient à l'argent, à vivre leur vie. Maintenant tout est sens dessus dessous. L'Irlande est oubliée et des millions d'hommes sont en train d'essayer de se tuer. J'ai tellement peur. »

---

5 Référence aux affrontements consécutifs à l'adoption par le parlement anglais du projet de Home Rule, auquel étaient opposés les protestants de l'Ulster. [Note du traducteur]

Les yeux d'Anne étaient remplis de larmes – elle avait l'air si belle ! Les filles ne comprennent rien à la guerre, mais je savais que si je tentais de le lui expliquer, elle s'emporterait encore… et c'était la dernière des choses que je voulais.

Je l'ai enlacée d'un bras et elle a posé la tête sur mon épaule. Je sentais ses cheveux contre ma joue. J'avais envie de l'embrasser, et j'étais à deux doigts d'en avoir le courage quand elle s'est soudainement retirée et m'a regardé droit dans les yeux. « Promets-moi que tu ne feras pas une chose aussi stupide que de mentir sur ton âge pour t'enrôler dans l'armée. »

Je me suis senti pris au dépourvu – comment pouvait-elle savoir ce que j'avais en tête ? J'ai bégayé quelque chose à propos d'Iain et moi qui avions décidé d'attendre. Était-ce une promesse ? Je ne sais pas. Encore des complications.

Quand Anne est repartie chez elle, elle m'a embrassé. Cela n'a été qu'un bref effleurement de ses lèvres sur ma joue, mais ma peau a pris feu. J'ai hâte de l'embrasser pour de bon.

BATAILLE DÉCISIVE AUX PORTES DE LOUVAIN

LES CADAVRES ALLEMANDS JONCHENT LE SOL

La cavalerie allemande en marche vers l'ancienne ville belge de Louvain a reçu hier une désagréable surprise. À Haelen, elle est tombée sur le général de Witte et a été brusquement stoppée par les mitrailleuses belges stratégiquement disposées. Les Allemands ont battu en retraite, abandonnant le champ couvert de cadavres.

Jeudi 13 août

Bonnes nouvelles de Haelen. Tout le monde est certain maintenant que les Huns vont se retirer, la queue entre les jambes. La guerre sera terminée avant Noël, finalement ! J'espère seulement que nos soldats arriveront là-bas à temps pour participer à la marche victorieuse sur Berlin.

Un dessin humoristique dans *Punch* a parfaitement résumé l'ambiance. Au-dessus de la légende « PASSAGE INTERDIT », un brave petit Belge se trouve représenté en sabots, interdisant l'entrée de sa ferme à un gros et vieux chef de fanfare militaire hun, bardé de saucisses s'échappant de ses poches. J'ai vraiment ri. Je l'ai accroché sur le mur, à côté de la carte.

DES CANONS ALLEMANDS ÉNORMES PILONNENT LES FORTIFICATIONS DE LIÈGE

Des canons d'une taille jamais vue dans l'histoire de la guerre ont ouvert le feu hier sur les fortifications de Liège. En quelques heures, les défenses à l'est de la ville sont tombées ; certains de leurs vaillants défenseurs rendus fous par les secousses dues aux explosions. On ne s'attend pas à ce que les défenses restantes tiennent longtemps.

Vendredi 14 août

Pourquoi les bonnes nouvelles sont-elles toujours suivies par des mauvaises ? Où sont nos soldats ? Il n'en est question ni dans le *Daily Mail* ni dans le *Glasgow Herald*, et j'ai pourtant lu les éditions du matin et celles du soir.

Samedi 15 août

Les Français attaquent de nouveau, en Lorraine cette fois. C'est du sérieux. Les fortifications encore debout à Liège résistent toujours aux canons allemands.

J'ai terminé aujourd'hui *Tarzan, seigneur de la jungle*. C'est assez exaltant, mais un peu stupide. La vraie vie semble tellement plus palpitante.

Dimanche 16 août

À l'église ce matin, puis en promenade avec Anne. Nous ne sommes pas descendus jusqu'au moulin et j'ai fait mon possible pour ne pas parler de la guerre. Heureusement, Anne a proposé d'aller au parc, où on a monté un nouveau cinématographe ambulant sous une tente. Pour un demi-penny, on peut y voir des actualités et deux films. Les actualités montraient des soldats, les nôtres et les Français, en marche ou montant et descendant des trains. Il y avait quelques images de canonnades, mais elles auraient pu avoir lieu n'importe où. J'étais déçu qu'on n'ait pas filmé de combats, mais je n'en ai rien dit.

En ce qui concerne les films, il y a eu un nouvel épisode des *Mystères de New York*[6] et une comédie de Keystone, *Mabel au volant*. Mabel Norman est une de mes préférées. On y voyait un nouvel acteur, Charlie Chaplin. Il

6 *Les Mystères de New York* reprenaient en français plusieurs séries américaines très populaires à l'époque, parmi lesquelles *The perils of Pauline,* dont il est question ici. [Note du traducteur]

jouait le rôle du méchant, mais il était franchement comique dans le passage où Mabel tombe de moto dans une flaque boueuse.

Chaplin est anglais et semble très bien réussir en Amérique. Anne a dit qu'elle aimerait retourner au Canada. Elle m'a raconté le peu qu'elle s'en rappelle, le patinage sur les rivières gelées et les pique-niques sur le bord des lacs au nord de Toronto. Je ne suis pas certain au sujet du patinage sur la glace, mais j'adore les pique-niques. Je crois presque nous voir, assis avec un panier d'osier sur une couverture au bord d'un lac. Il y a des castors travaillant à leurs digues, des pics colorés affairés sur les troncs d'arbres et un canot qui nous attend sur la berge. Le soleil est chaud et brillant, et les feuilles d'un jaune d'or ou d'un rouge profond. Est-ce que je vois notre avenir ? Je l'espère.

« Après la guerre, ai-je dit, je t'emmènerai à Toronto et nous irons pique-niquer près d'un lac. » Anne a souri à cela, mais il y avait de la tristesse dans ses yeux.

Je suis revenu à la maison pour trouver maman en train de polir l'argenterie. Est-ce qu'elle ne l'avait pas fait la semaine dernière ? Mais elle m'a dit qu'elle était ternie. Elle s'y occupait encore quand je suis allé dans ma chambre pour rédiger mon journal.

Les journaux du soir parlaient tous de la chute des dernières défenses de Liège. Il ne reste plus rien maintenant entre les armées de von Kluck et Bruxelles. Pauvres, valeureux Belges. Au moins, le Japon a pris le parti des Alliés. Ça permettra aux Russes d'envoyer davantage de troupes sur le front est de l'Allemagne.

Le monde entier est en guerre contre l'Allemagne et l'Autriche. Notre corps expéditionnaire sera rejoint par des hommes venus de tout l'Empire. Canada, Australie, Nouvelle-Zélande, Inde – on dit que même les Irlandais vont porter nos couleurs.

J'entends toujours maman nettoyer l'argenterie.

Lundi 17 août

Les Français continuent l'offensive, mais ils subissent de lourdes pertes. Tout ça est extrêmement frustrant.

Plus rien ne semble avoir d'importance que la guerre, et ici tout paraît terne maintenant que les événements majeurs se déroulent sur le continent. Mais toujours pas de nouvelles de papa ni de notre corps expéditionnaire. Et pas le moindre vent pour faire décoller mon cerf-volant.

Maman est bien aujourd'hui, gaie et bavarde. Nous avons fait une promenade agréable ce soir, après son retour du travail. Nous n'avons pas évoqué la guerre une seule fois.

Mardi 18 août

Les Russes sont en marche. Leur armée principale a traversé la frontière prussienne hier. Tout le monde a été surpris, surtout les Allemands, j'imagine, par la vitesse avec laquelle ils ont mobilisé leur armée de paysans. Un autre signe de ce que les choses ne vont pas dans le sens des Huns.

La guerre a commencé voici plus de deux semaines maintenant et il n'y a toujours pas un mot à propos de nos soldats. J'espère seulement que c'est parce que les informations ne sont pas communiquées aux journaux. Après tout, nous ne tenons pas à ce que ce vieux von Kluck apprenne nos plans en lisant le *Glasgow Herald*. C'est tout de même frustrant de ne pas savoir.

Les nouvelles de l'avance des Français en Lorraine sont très réjouissantes, mais quand j'ai cherché les noms des principales villes sur ma carte, je n'en ai trouvé aucun. C'est curieux.

Bonne brise cet après-midi. Aussi Iain et moi avons-nous emporté le cerf-volant dans le parc. J'avais raison de croire qu'il volerait merveilleusement bien – à peine décollé, il s'est élancé vers le ciel, piquant vers les petits nuages cotonneux perdus dans le bleu intense. Iain demandait à le faire voler à son tour quand nous avons entendu une voix.

« Hé, vous ! Descendez-moi ce machin. Vous ne savez pas que nous sommes en guerre ? »

Nous nous sommes retournés et avons vu un gros policier qui transpirait en venant vers nous.

« Oui, monsieur, nous le savons, ai-je répondu. Nous faisons simplement voler mon nouveau cerf-volant. C'est un cadeau de mon père. Il est dans l'armée.

— Alors, il ne serait pas très heureux que son fils soit pris pour un espion allemand faisant des signaux pour ces espèces de zeppelins.

— Nous ne sommes pas des espions, a dit Iain.

— J'espère bien que non, a répondu le policier. Mais tout le monde n'est pas au courant. Tenez, pas plus tard qu'hier, un homme a pratiquement été battu à mort en Angleterre. La foule l'avait pris pour un espion en train de saboter les fils du télégraphe.

— Et c'en était un ? ai-je demandé avec impatience.

— Pas du tout. Il travaillait pour la municipalité ; il réparait les fils, il ne les coupait pas. Mais si la police n'était pas intervenue, on l'aurait tué, c'est sûr. Alors, descendez-moi ce truc, pour votre propre sécurité. »

Nous avons ramené le cerf-volant, ennuyés de ne plus pouvoir jouer mais excités à l'idée qu'il pouvait y avoir des espions dans notre propre ville. C'est vraiment une époque exaltante.

Mercredi 19 août

UN COMMUNIQUÉ DE NOTRE CORPS EXPÉDITIONNAIRE ! Ils ont débarqué et se hâtent vers le front. Enfin ! Comme j'aimerais être là-bas !

Les Russes continuent leur progression. J'espère que l'Ours russe est aussi fort qu'on le dit, parce que je ne crois pas que ces soldats vaillent grand-chose individuellement, étant pour la plupart illettrés.

LES SOLDATS PAYSANS DESCENDENT UN DE LEURS PROPRES AVIONS

Un problème inattendu a surgi au sein de la vaste armée russe, actuellement en marche à travers l'Allemagne. Beaucoup de soldats russes n'ont jamais été en contact avec la technologie moderne. À la vue du moindre avion, ils déclenchent un feu nourri, apparemment convaincus qu'une invention aussi fantastique ne peut être qu'allemande.

Jeudi 20 août

BRUXELLES EST TOMBÉE. Pauvre petite Belgique ! Elle s'est tenue magnifiquement droite devant le tyran teutonique, mais elle est trop petite. J'espère que nous ne tarderons pas à lui rendre sa liberté.

Sur une note plus réjouissante, les assauts français sont victorieux tout au long de leur frontière. Iain et moi avons rencontré Hugh McLean en ville aujourd'hui. Il est aussi arrogant que jamais. Avec ses grands airs, il nous a annoncé qu'Albert et lui doivent se présenter à leur caserne demain. Apparemment, il y a tellement de volontaires qu'il est question de former une unité rien qu'avec ceux de Paisley. Plusieurs se forment déjà à Glasgow, l'une d'elles entièrement composée des employés de la Compagnie des tramways ! Si seulement je pouvais partir ! Est-ce que les chaises de Hugh et d'Albert seront les seules vides lorsque l'école reprendra ? Comment s'imagine-t-on que nous allons prendre notre travail scolaire au sérieux alors que de tels événements se déroulent ?

Boulogne, 18 août

Mon cher Jimmy,

Eh bien, me voici dans « la belle France ». La traversée de la Manche a été un peu rude, tout le monde, sauf moi, ayant souffert du mal de mer. Je pense que c'était autant à cause de l'odeur des chevaux dans les cales que du mauvais temps. Mais nous avons tous repris du poil de la bête sitôt que nous avons descendu la passerelle. Nous avons été accueillis aux cris de « Vive les Anglais ! » De jeunes garçons couraient le long de notre colonne en réclamant du chocolat et des cigarettes, et des demoiselles nous lançaient des fleurs. Je sens que je vais aimer ce pays.

Comment va ta mère ? Est-ce que tu l'aides ? As-tu eu l'occasion de faire voler ton cerf-volant ?

J'écrirai de nouveau dès que je pourrai.

Papa

Vendredi 21 août

Une carte de papa ! On y voit le front de mer à Boulogne. Elle a été postée la veille au soir du départ de nos troupes vers leur point de rassemblement à la frontière belge. Maman n'a pas eu l'air très heureuse de recevoir cette carte.

Les Français continuent de se battre sur leurs lignes. Pourquoi n'enfoncent-ils pas celles de l'adversaire ? Les Russes ont remporté une formidable victoire à Gumbinnen. Peut-être les paysans soldats ne sont-ils pas aussi stupides que nous le pensons.

Samedi 22 août

UNE CHARGE DE CAVALERIE ! Nos hommes ont damé le pion à une bande de uhlans, la cavalerie allemande, dans un endroit nommé Soignes, en Belgique. C'est le premier combat auquel nos troupes ont participé, et elles ont été victorieuses.

J'ai cherché Soignes sur ma carte. Ça se trouve près d'une ville appelée Mons. Je me demande si c'est là que se trouve papa. Les Français combattent rudement aux alentours de Charleroi. C'est aussi près de Mons. Est-ce que papa est déjà dans la bataille ?

Maman a refait l'argenterie ce soir. Elle n'était pas ternie le moins du monde. La carte de papa l'a rejetée dans cet état bizarre qui était le sien dernièrement. J'espère qu'elle ne va pas tomber malade.

LES TROUPES BRITANNIQUES ENGAGÉES À MONS

Aujourd'hui, les troupes britanniques se sont engagées sur le sol européen pour la première fois depuis Waterloo, il y a quatre-vingt-dix ans. Des unités du corps expéditionnaire du général French se tenaient fin prêtes le long d'un canal, près de la ville belge de Mons, lorsqu'elles ont été attaquées par le gros de l'armée de von Kluck, 200 000 hommes selon certains rapports.

Nos hommes, superbement entraînés, ont montré ce qu'ils valaient et ont proprement rossé leurs adversaires. Les Allemands ont attaqué en rangs serrés à terrain découvert, et nos hommes, avec une ferme discipline et un feu rapide et précis, les ont fauchés par centaines. Il n'y a pas encore d'information sur les pertes, mais ce n'est pas demain la veille que les Allemands auront l'envie de se frotter de nouveau à nos gars.

Dimanche 23 août

UNE GRANDE BATAILLE. Je me demande si papa a déjà mon casque. Demain, notre corps expéditionnaire va attaquer et refouler les Huns là d'où ils viennent.

Le temps est toujours superbe. Marché dans le soleil avec Anne après la messe. Elle me tenait la main et nous n'avons pas une seule fois parlé de la guerre. Nous avons prévu un pique-nique pour dimanche prochain. Ce ne sera pas au bord d'un lac canadien, mais un cours d'eau local fera l'affaire pour le moment. Je suis très excité. Peut-être que je l'embrasserai !

Lundi 24 août

NOTRE ARMÉE BAT EN RETRAITE !!! Comment cela se peut-il ? Hier, elle était victorieuse. Apparemment, la 5e Armée française s'est repliée, laissant notre flanc droit vulnérable. Nous avons dû nous replier aussi pour reformer la ligne. Espérons qu'il ne s'agit que d'un retrait peu important.

Mardi 25 août

La retraite continue. Maman est très distraite. Elle a de nouveau égaré son porte-monnaie ce matin et elle a refusé de partir travailler avant de l'avoir retrouvé. Cela a pris une bonne heure avant que je ne le retrouve derrière une chaise dans le salon. Comment est-il arrivé là ? Maman était en retard au travail.

Mercredi 26 août

Notre corps expéditionnaire a combattu aujourd'hui au Cateau. Les Allemands n'ont pas compris la leçon et se sont encore jetés par vagues sur nos soldats, comme des cibles à la fête foraine. Est-ce que le recul est terminé ?

MYSTÉRIEUSES APPARITIONS À MONS

Certaines informations ont filtré d'après lesquelles des apparitions surnaturelles se seraient produites au cours des récents combats autour de Mons et du retrait de notre armée qui a suivi. Selon plusieurs témoins oculaires, au plus fort de la bataille, une ligne d'archers fantômes est apparue entre les belligérants. Ces spectres, vêtus dans le style de l'époque de la bataille d'Azincourt – site qui se trouve à peu de distance de Mons –, ont lancé des flèches lumineuses sur les assaillants allemands qui, malgré l'absence de blessures apparentes, sont tombés raides morts.
Par la suite, des anges ailés sont apparus au-dessus de nos troupes. Les anges n'ont pas communiqué avec nos hommes, mais tous ceux qui les ont vus rapportent avoir été comblés par un sentiment de bien-être et de réconfort.

Jeudi 27 août

Les Russes sont engagés dans de furieux combats aux environs d'une ville nommée Tannenberg. On ne sait pas clairement qui est le vainqueur. Le journal de ce soir rapportait que les Allemands, en se retirant, avaient laissé des espions déguisés en paysannes. Certains ont été démasqués par les Russes car, malgré le réalisme de leurs déguisements, ils portaient des sous-vêtements de l'armée !

Notre armée bat de nouveau en retraite. Les bulletins appellent ça un « retrait », mais il n'y a pas d'autre mot que « retraite ». C'est tellement humiliant ! Si ça continue, les Huns seront à Paris dans quelques jours.

Iain est venu aujourd'hui. Notre moral est bas. Je crois bien que je couve un mauvais rhume.

Vendredi 28 août

Je me sens plutôt mal. Maman m'a dit de rester au lit ce matin. Quand elle est rentrée du travail, cet après-midi, elle m'a demandé ce que je faisais couché dans mon lit et ne se souvenait pas de m'avoir dit d'y rester. Je m'inquiète vraiment pour elle. Je suis très fier de papa, mais j'aimerais bien qu'il soit là.

Samedi 29 août

Toujours mal. Anne est venue me rendre visite, mais elle n'est pas restée longtemps. Je ne suis pas d'une compagnie bien intéressante. Nous avons repoussé notre pique-nique d'une semaine.

Dimanche 30 août

Un peu mieux, mais toujours au lit. Les nouvelles n'améliorent pas mon état. Le recul continue en France et l'armée russe a été anéantie à Tannenberg. Notre optimisme s'est évanoui. La guerre sera peut-être courte, mais elle se terminera avec la descente des Champs-Élysées par le Kaiser ! Je suis au plus bas.

LES ALLEMANDS PILLENT LOUVAIN

FEMMES ET ENFANTS SONT FUSILLÉS

Nouvelle preuve de la brutalité des Huns, la cité médiévale de Louvain a été incendiée. Tandis que l'inestimable bibliothèque et ses 230 000 livres étaient la proie des flammes, des soldats ivres s'ébattaient dans la lumière vacillante et infernale, tirant sauvagement en l'air. Des femmes ont été violées, et des enfants innocents, des mères de famille et des personnes âgées ont été systématiquement passés par les armes. Les corps des civils ainsi que leurs pauvres biens personnels jonchent les rues parmi les décombres noircis de leur ville historique.

Vendredi 4 septembre

Pas eu envie d'écrire cette semaine. Ma grippe a suivi son cours, mais elle m'a laissé fatigué et démoralisé. Les nouvelles de la guerre n'ont pas arrangé mon humeur. Sur ma carte, les épingles sont maintenant toutes au sud de la Marne, à quelques milles à peine de Paris. Nous sommes vaincus. Tout ce que je peux espérer aujourd'hui, c'est que papa ait d'une façon ou d'une autre échappé à ce terrible désastre.

Les rapports situent notre armée, ou ce qu'il en reste, à Meaux. Elle s'est battue en se retirant pendant douze jours. Dans quel état doit-elle se trouver ? Les Français ont compté d'innombrables soldats tués, blessés ou capturés au cours des combats le long des frontières. L'armée russe est détruite et ses généraux morts ou prisonniers.

Un mois de guerre aujourd'hui. Comment ai-je pu être aussi aveuglément optimiste ? C'est bien pire que tout ce que nous avions imaginé. Les pessimistes disaient que la guerre serait plutôt longue que courte, mais au moins ils tenaient notre victoire pour acquise. On raconte mille histoires atroces. Nous serons tous assujettis à la tyrannie du Hun, quoi qu'en dise la caricature de *Punch*. Je l'ai décrochée du mur.

Les Huns semblent avoir une peur obsessionnelle des terroristes – qu'ils appellent des *francs-tireurs*[7]. Dans chaque ville ou village qu'ils conquièrent, ils prennent des otages, parfois un dans chaque maisonnée, et au moindre trouble, ils les exécutent. À Andenne, ils ont fusillé 110 personnes ; à Tamines, 384 ; à Dinant, 612, parmi lesquelles un bébé de trois semaines !

Ce sont des BARBARES ! Et ce sont ces gens qui vont gagner la guerre ! L'Europe va entrer dans un nouvel âge sombre.

Samedi 5 septembre

Un message d'Anne aujourd'hui. Elle ne se sent pas bien et souhaite reporter notre pique-nique. Elle n'aurait pas dû venir me voir lorsque j'étais malade. Ce pique-nique aura-t-il jamais lieu ? Vais-je jamais l'embrasser ?

Dimanche 6 septembre

À l'église, ce matin, nous avons prié pour nos armées et pour leur victoire. Je ne pense pas que ce soit très efficace. La promenade avec Anne m'a manqué. Maman est d'humeur très sombre.

Lundi 7 septembre

Le retrait semble avoir ralenti, et même s'être arrêté. J'ai à peine déplacé quelques épingles

---

7 En français dans le texte. [Note du traducteur]

sur ma carte depuis plusieurs jours. Aurions-nous une dernière chance ?

Maman n'est pas allée au travail aujourd'hui. Elle est restée au lit et, bien qu'elle m'ait permis de lui apporter son thé et son petit déjeuner, elle a peu mangé. Elle ne semble pas malade, mais elle ne parle pas.

Mardi 8 septembre

Maman va mieux aujourd'hui et elle est allée au travail comme d'habitude. Elle n'a pas évoqué la journée d'hier.

Les Britanniques et les Français livrent de rudes combats le long de la Marne. Des soldats ont été expédiés depuis Paris jusqu'au front en taxis. Cela aboutira-t-il à un autre désastre ?

LES ALLIÉS TRAVERSENT LA MARNE

Mercredi 9 septembre

HOURRA ! Enfin de bonnes nouvelles. Les Allemands battent en retraite à présent. Ce n'est rien moins qu'un miracle. Curieusement, au cours de ces premiers jours de succès, nous avons eu de la pluie, ce qui n'était pas arrivé depuis des semaines. Je suppose que ce sera un soulagement pour nos soldats, recrus de fatigue et de chaleur. Il est trop tôt pour dire encore « À Berlin ! », mais peut-être que la chance a tourné.

On a donné un concert ce soir dans le kiosque du parc. Nous avions passablement besoin de quelques chansons entraînantes pour nous redonner du cœur au ventre. Malheureusement, il semble que cela ait eu un effet contraire sur maman, qui a pleuré doucement tout au long du concert.

J'ai pris sa main et nous sommes rentrés à la maison en silence.

Jeudi 10 septembre

Le recul allemande se poursuit. J'ai discuté avec Iain de la situation en France. C'est un plaisir de déplacer les épingles dans l'autre sens, même si ce n'est pas sur une grande distance. Iain dit que l'erreur du Hun a été de descendre trop bas à l'est de Paris. Cela a permis aux soldats ramenés de la capitale (dans ces taxis) de l'attaquer sur son flanc et de le forcer à se replier. Si nos armées pouvaient seulement prendre les Allemands à revers par le nord, la voie serait de nouveau ouverte vers la Belgique.

Iain parle de s'enrôler. Ça risque d'être long, après tout. Kitchener demande un demi-million de volontaires pour former une nouvelle armée. Iain aura l'âge requis un an avant moi et, avec sa taille, il pourrait facilement prétendre avoir déjà dix-neuf ans. D'après ce qu'a raconté Hugh McLean, personne ne lui poserait de questions. Qu'est-ce que je ferai s'il s'engage ? Je ne sais pas si je pourrai le supporter. C'est une chose de voir partir Hugh McLean et Albert Tomkins, mais Iain ! Est-ce que je pourrai m'enrôler aussi ? Maman s'y opposera farouchement et Anne sera très mécontente. Lui ai-je promis quelque chose ?

Iain dit que trois bataillons de Glasgow ont été rattachés au régiment d'infanterie légère des Highlands, le régiment de papa. Le 15e est celui des Tramways de Glasgow. On dit qu'un millier d'hommes se sont enrôlés en à peine seize heures. Le 16e est formé des hommes qui, enfants, participaient à la brigade des garçons de Glasgow. Le 17e est le Glasgow Commercials, des commerçants et des hommes d'affaires. Apparemment, le 16e comprend une compagnie de volontaires de Paisley. Les gars de Paisley, comme ils se nomment eux-mêmes. J'imagine que c'est là que se trouvent Hugh et Albert.

Manifestement, Iain y pense très sérieusement. Il ne veut pas partir sans moi, mais l'idée d'attendre que je sois assez âgé lui déplaît. Il est d'accord pour attendre un peu, mais pour combien de temps ?

Vendredi 11 septembre

Anne a envoyé un mot aujourd'hui. Elle va bien mais elle pense que nous devrions repousser de nouveau notre pique-nique, vu que le temps n'a pas l'air de s'améliorer. Je suppose qu'elle a raison. Elle dit qu'elle me verra dimanche après la messe.

L'école commence lundi. Comment s'imaginent-ils nous intéresser avec des additions et la chronologie des rois anglais quand nous pourrions aller au feu ?

Je suis rentré sous la pluie, ce soir, avec des chaussures boueuses. Maman a brusquement ouvert la porte et s'est mise à crier, disant que j'étais un terrible fardeau pour elle et que je lui causais tout un surcroît de travail. C'était injuste. Je ne la reconnais presque plus. Certains jours, elle est comme elle a toujours été mais, d'autres fois, elle est abattue et silencieuse, ou elle s'énerve à propos de rien. C'est vraiment dur.

Les Allemands se replient toujours lentement. Ce n'est rien comparé à la déroute que nous avons subie après Mons, mais c'est déjà ça. Pas un mot de papa. Je suppose qu'il a peu de temps pour écrire. J'espère qu'il va bien.

Dimanche 12 septembre

Terrible tempête cette nuit. Les éclairs illuminent la rue comme en plein jour et le tonnerre est incessant. Il tombe des cordes. C'est aussi bien que nous ayons annulé notre pique-nique. C'est cependant un gros désappointement. Je parie qu'il ne pleut pas sur ce lac, au nord de Toronto.

Iain est passé aujourd'hui. Il a dit qu'il avait vu Albert Tomkins dans la rue. Apparemment, Albert n'a pas dit à sa mère qu'il s'était enrôlé ; il est simplement parti avec Hugh pour rejoindre le camp d'entraînement de l'infanterie légère des Highlands, près de Largs. Quand Mme Tomkins s'en est rendu compte, elle était furieuse. C'est une grande femme, forte, avec un visage rougeaud, tout le contraire d'Albert, et elle n'est pas du genre à laisser faire ce qu'elle considère comme une idiotie. Elle a sauté dans le train et s'est plantée devant les limites du camp en criant et en agitant l'acte de naissance d'Albert. Ils ont dû le laisser partir sitôt qu'elle a prouvé qu'il avait menti sur son âge. Je me suis presque senti honteux pour lui, ramené à la maison par une oreille. Elle lui a certainement flanqué une bonne raclée, qui n'a pourtant pu être aussi blessante que ce que j'imagine que Hugh a dû dire…

Maman a refait l'argenterie ce soir, mais elle semble assez enjouée. Nous avons certainement le service de table le plus propre de Paisley.

DES COMMERCES ALLEMANDS SACCAGÉS

Dans une douzaine d'excès dus au zèle patriotique, des commerces allemands ont fait l'objet d'attaques un peu partout dans le pays. Portes et fenêtres ont été brisées, et quelques immeubles incendiés. Bien que de telles actions soient inadmissibles en temps de paix, notre pays se trouve au cœur d'une lutte pour sa propre survie, et toute mesure visant à aider la victoire est acceptable. L'enthousiasme des foules a été avivé par la découverte récente de plusieurs cas d'espionnage.

Dimanche 13 septembre

Marché avec Anne en sortant de l'église, profitant d'une brève accalmie de la pluie. Anne a amené la conversation sur la guerre.

« Ne vois-tu pas maintenant que ce sera long, et un véritable gâchis ?

— Long, oui, ai-je répondu. À présent que Paris est sauvé, la guerre peut durer des mois. Peut-être même un an. Mais elle n'est pas inutile. Les pertes humaines ont été plus lourdes que prévu, mais la France et la Belgique ont été attaquées ! Pouvions-nous rester sans rien faire et regarder les Huns défiler sous l'Arc de triomphe ?

— Je t'en prie, Jim, ne les appelle pas des Huns. Ce sont des Allemands, oui, mais ce sont des êtres humains. Notre boucher vit dans notre rue depuis aussi longtemps que moi. Il a toujours été sympathique et apprécié, faisant crédit, ajoutant des abats pour les chiens, se montrant généreux par ces gestes. Et soudain, plus personne ne fréquente sa boutique, on évite sa famille dans la rue et, hier, un rustre a lancé une brique dans sa vitrine. Il n'a pas changé, mais il s'appelle Schmidt. Et la situation ne fera qu'empirer. Quel que soit le vainqueur, nous ne surmonterons jamais toute cette haine.

— Les guerres napoléoniennes ont duré des années et nous n'en avons pas hérité trop de haine», ai-je répondu.

Anne s'est arrêtée et m'a fait face. «Napoléon et Wellington se battaient avec quelques milliers de soldats. Les batailles avaient lieu en une journée et il y avait un vainqueur et un vaincu. Dans cette guerre, des millions d'hommes se battent depuis des semaines. Des dizaines de milliers de familles sont déplacées, n'ont plus de maison où aller…

— À cause des Allemands, ai-je fait en l'interrompant.

— Non, à cause de la guerre. Oui, les Allemands sont brutaux, mais un obus français ou britannique détruira une maison aussi proprement qu'un obus allemand. Je crains que cette guerre n'ait pas de fin…

— C'est absurde ! me suis-je écrié. Personne ne *veut* la guerre.

— Mais tu te trompes, Jim. Des tas de gens veulent la guerre. Les généraux la veulent. Les rois et les empereurs la veulent. Les fabricants de canons, d'uniformes, de bottes, de nourriture la veulent. Même les gens qui vendent des journaux la veulent.

— Et la vaillante petite Belgique ? ai-je demandé.

— Peut-être que la Belgique n'est qu'une excuse. Peut-être que la guerre est faite pour les empires et le pouvoir. »

J'étais troublé. Ces idées étaient celles de son socialiste de père. Mais elles devaient être fausses. Le monde ne pouvait pas être aussi complexe et aussi tordu.

« Même si ce que tu dis est vrai, ai-je poursuivi d'un ton hésitant, nous devions tout de même protéger la Belgique. »

Anne a soupiré. « Sans doute. Sans doute les erreurs viennent-elles de loin. Mais ce n'est pas une raison pour courir au-devant de notre mort le sourire aux lèvres.

— Iain pense à s'engager », ai-je dit.

Anne m'a regardé durement. « Mais pas toi, n'est-ce pas ?

— Je suis trop jeune, ai-je répliqué, évitant une réponse directe.

— Ha ! a grogné Anne avec indignation. Des garçons de quatorze ans s'enrôlent, à ce que j'ai entendu dire. Rien ne t'empêche de le faire à ton tour.

— Sauf toi », ai-je dit en la fixant droit dans les yeux. Elle a soutenu mon regard, comme si elle essayait de lire mes pensées.

« Veux-tu dire que si j'étais d'accord, tu partirais ? » a-t-elle demandé lentement.

Après un moment de réflexion, j'ai répondu : « Non. Il y a un mois, j'étais désespéré à l'idée de manquer cette aventure. Aujourd'hui, je pense que l'aventure m'attendra. Cela prendra beaucoup de temps pour entraîner la nouvelle armée de Kitchener. Trois cent mille hommes l'ont rejointe en août, et il y en aura sans doute autant en septembre. Il faudra leur fournir, à tous, des uniformes, des armes et un entraînement. Ils ne seront pas prêts avant le printemps ou l'été prochain. Si la guerre n'est pas encore terminée à ce moment-là, on aura absolument besoin d'eux et de bien d'autres.

« Je ne suis plus aussi impatient que je l'étais. Je ne partirais pas sans Iain, et il me faudrait convaincre maman de me laisser aller. Ça ne me servirait à rien de rejoindre le camp d'entraînement si elle devait m'en ramener par une oreille comme la mère d'Albert l'a fait.

« Mais rien de tout ça n'importerait si tu me demandais de ne pas partir. »

J'ai senti le sang me monter aux joues. Puis Anne a mis une main sur mon épaule.

Elle m'a embrassé.

Cela a été si inattendu et si soudain que je pouvais à peine y croire, mais elle l'a fait. Anne et moi, nous nous sommes embrassés sur les lèvres.

J'étais dans tous mes états et j'ai essayé de bégayer quelque chose, mais Anne m'a simplement fait taire.

« Merci pour cette parole, a-t-elle dit. Quand tu sentiras vraiment que c'est le moment, tu devras partir. Je ne te retiendrai pas. Je n'en serai pas heureuse, j'en serai même malade, mais je ne t'empêcherai pas d'agir selon ta volonté. Cela ne ferait que provoquer du ressentiment contre moi. »

Ainsi j'ai embrassé Anne et elle m'a dit qu'elle me laisserait m'engager. Curieusement, j'ai moins envie de partir maintenant. Mais je suis heureux !

12 septembre 1914
Sur les bords de l'Aisne

Cher Jimmy,

Je suis désolé de ne pas avoir pu t'écrire plus tôt, mais nous avons été pas mal occupés ces derniers temps. Tu n'imagines pas ce que j'ai pu voir ou faire. Cela a été un véritable travail de Romain, rien à voir avec les charges de cavalerie que nous avions imaginées. Je n'ai changé de vêtements qu'une seule fois en trois semaines et, comme tu peux le deviner, je ne sens pas trop bon. Mais comme personne ne sent meilleur, ça n'a guère d'importance.

Je suis confiné dans un vieux wagon de chemin de fer, écrivant ceci à la pauvre lumière vacillante d'une lampe à huile et des éclairs provenant de l'orage, à l'extérieur. Ce n'est pas le meilleur cantonnement qu'on puisse attendre, mais au moins je suis au sec et à l'abri. Mes compagnons dorment et je ne vais pas tarder à faire de même, mais je me sentais mal de ne pas avoir écrit, et Dieu sait quand j'en aurai de nouveau la possibilité. Je sais que tu as suivi notre progression, les avances comme les reculs, aussi ne vais-je te raconter ce que nous avons fait que dans les grandes lignes.

Notre première bataille a eu lieu près d'une ville du nom de Mons, il y a juste trois semaines. Nous étions tous débordants d'enthousiasme. Notre équipement et nos fusils avaient été inlassablement nettoyés et nous étions impatients de marcher sur l'ennemi. La campagne environnante était sale et noire, une région minière, et nous étions à couvert le long du canal, dans des tranchées de fortune profondes de trois pieds seulement, mais qui nous permettaient de nous agenouiller à l'abri. Et puis, nous n'étions pas supposés y rester longtemps. Nous étions passablement excités et prêts à tout. Nos deux mitrailleuses étaient en place et chaque homme se sentait capable d'atteindre ou de dépasser la moyenne du bataillon, soit des salves d'une quinzaine de tirs rapides par minute et par fusil.

Juste après le déjeuner, nous avons commencé à recevoir des obus, surtout des shrapnels, et nous avons dû rentrer la tête dans les épaules. Un éclat de shrapnel a traversé mon havresac, mais un seul homme a été blessé. Quand le bombardement a cessé, nous avons entendu une sonnerie de clairon et, ayant levé les yeux, nous avons découvert un terrible spectacle. C'était comme si l'armée allemande dans son entier se trouvait là en face de nous, à découvert. C'était à ne pas croire, Jimmy : vague après vague, dans leurs uniformes gris, ils traversaient les champs comme s'il ne s'était agi que d'une promenade dominicale. Nous les avons abattus comme des quilles, et nous aurions remis ça le lendemain si les Français, sur notre droite, n'avaient pas battu en retraite, nous obligeant à les imiter pour éviter l'encerclement.

Le repli a été dur. Jour et nuit, ne nous arrêtant que pour nous battre. L'air était tellement chaud et poussiéreux que nous suffoquions, ou bien c'était la nuit et tout était noir comme l'enfer. Le 26, nous nous sommes arrêtés au Cateau, avertissant l'ennemi que notre corps expéditionnaire avait encore une flèche à son arc. Puis nous avons repris la marche. Le mot d'ordre était de nous retirer complètement. Les généraux pensaient que les Français avaient été battus et ils ne voulaient pas que nous subissions le même sort. Et nous avons continué de nous replier jusqu'aux portes de Paris.

Mon corps n'en pouvait plus. Un jour, un homme à côté de moi s'est littéralement endormi en marchant. Je n'aurais jamais cru ça possible, mais il était là, les yeux fermés, profondément endormi tandis qu'il avançait d'un pas lourd. Il a même commencé à rêver et à parler de sa maison avant que je ne le pousse du coude et qu'il ne revienne à lui, tout ahuri.

Nous avons traversé l'Oise, l'Aisne et la Marne, mais le 5 septembre nous nous sommes arrêtés. Je ne crois pas que nous aurions pu aller plus loin, en revanche je suppose que les Allemands étaient aussi fatigués que nous, car ils ont cessé leur pression. Nous nous sommes lavés et avons changé de vêtements, et nous étions prêts à repartir.

Les Français se sont rudement battus sur notre flanc droit et nous avons progressé de nouveau lentement tandis que les Allemands reculaient. Il est beaucoup plus facile de marcher quand on va de l'avant.

À présent nous avons atteint l'Aisne une fois encore, et nous devons porter l'assaut demain sur l'autre rive, et, comme le stipulent les ordres, «agir vigoureusement contre l'ennemi en déroute». J'ai la désagréable impression que nous ne tomberons pas demain sur un ennemi en déroute. La rivière coulant dans une profonde vallée et la plupart des ponts étant détruits, c'est donc l'endroit idéal pour l'ennemi pour s'arrêter et combattre. Mais peut-être les Français font-ils mieux que nous et vont-ils le déborder sur son flanc.

Bon, je dois essayer de roupiller quelques heures, si c'est possible, avec cette tempête et les bombardements. Il pleut depuis quatre jours. Au début, c'était reposant après la chaleur et la poussière, mais maintenant c'est devenu un bourbier et une véritable plaie.

L'orage est impressionnant. Le tonnerre éclate plus fort que nos tirs d'artillerie et les éclairs illuminent le paysage comme en plein jour.

Je n'ai pas encore réussi à te trouver un casque, bien que j'en aie vu des quantités. Demain peut-être.

Je vais remettre cette lettre à l'intendance pour la poste et je tâcherai de t'écrire dès que possible. Comment va ta mère ? Occupe-toi bien d'elle et transmets-lui mon amour. Dis-lui que je vais lui écrire une lettre personnelle aussitôt que je pourrai.

Je vous aime tous les deux,

Papa

Lundi 14 septembre

Enfin une lettre de papa ! Imaginez, tandis que j'écoutais les bruits de cette tempête dans la nuit de samedi, il entendait les mêmes sur les bords de l'Aisne. Ça me fait me sentir si proche de lui. Iain était captivé, lui aussi. Il n'a personne pour lui écrire du front.

Maman a lu la lettre d'un visage sombre et, à la fin, elle avait les larmes aux yeux. Je lui ai demandé pourquoi elle pleurait alors que papa allait bien et qu'il était en bonne santé, mais elle s'est contentée de secouer la tête et s'est mise à sangloter.

« Ne t'inquiète pas, ai-je dit, je ne vais pas m'engager maintenant. » J'essayais de la réconforter, mais elle m'a regardé avec horreur et s'est enfuie dans sa chambre. Je ne comprends pas les femmes. Je vais peut-être interroger Anne la prochaine fois que je la verrai – dimanche, ou même avant. J'aurais aimé qu'elle fréquente mon école.

Premier jour d'école aujourd'hui. Hugh est le seul absent dans mon année (Albert est très abattu), mais il y a beaucoup de trous dans les années supérieures. La classe de sixième[8] parle de s'enrôler *en masse*. Je pense que cela leur a été inspiré par le discours de ce matin. Le

---

8 Cette classe correspond au secondaire 5 au Québec. [Note du traducteur]

directeur vient d'Afrique du Sud et il a combattu dans les guerres zouloues. Il nous a raconté une histoire passionnante à propos des carrés d'infanterie à la bataille d'Ulundi, décrivant comment les mitrailleuses britanniques fauchaient les hordes hurlantes de Zoulous qui déferlaient sur elles. Il a dit que c'est ainsi que nos soldats devaient abattre les Allemands, en formant des carrés inébranlables. « Inébranlable » est son mot favori et, d'après lui, c'est une supériorité qu'a le fantassin britannique sur les troupes de n'importe quelle autre nation au monde.

C'était un discours excitant mais, plus tard, Iain a fait remarquer que les Allemands ne sont pas des Zoulous… et qu'ils ont des mitrailleuses aussi.

Nous avons peu travaillé aujourd'hui, vu que nous avons surtout parlé de la guerre. Après tout, c'est le grand événement de nos vies.

Mardi 15 septembre

Je ne sais pas comment je vais survivre à une année scolaire entière ! Aujourd'hui, nous avons étudié le premier Empire romain et ses guerres avec Carthage. En temps normal, j'aurais aimé ça, mais une voix dans ma tête répétait encore et encore : « Quelle importance ? » L'histoire est en train d'être écrite par papa et ses camarades sur les champs de bataille de France, pas dans ma classe d'histoire.

Maman me paraît beaucoup mieux aujourd'hui. Elle était enjouée ce soir et nous nous sommes assis près du feu pour discuter comme nous ne l'avions pas fait depuis des semaines… mais sans évoquer la guerre. Je crois que j'ai été plus préoccupé par l'étrange comportement de maman que je ne n'étais prêt à l'admettre, même à moi-même. Mais aucun sanglot ne provient de sa chambre, et je vais bien dormir.

Bureau des enregistrements *Infanterie*
Succursale de *Glasgow*
15 septembre 1914

Madame

Il est de mon pénible devoir de vous informer d'un rapport reçu ce jour du ministère de la Guerre notifiant le mort de (N°) *G/1513*
(Grade) *2nd lieutenant*
(Nom) *William Peter Hay*
(Régiment) *2e bataillon d'infanterie légère des Highlands*
survenue à *bords de l'Aisne*
le *treizième jour* de *septembre 1914*

et je dois vous exprimer toute la sympathie et les regrets du Conseil des armées pour cette perte.
Cause du décès *Mort au champ d'honneur*

Toute information complémentaire ainsi que les objets et articles personnels vous seront transmis dès réception.

Je suis
Madame,
votre obligé serviteur

Major G. Wilson
Officier chargé des enregistrements

Jeudi 17 septembre

Il est l'heure de déjeuner et j'ai à peine la force d'écrire, mais je vais essayer de décrire ce qui est arrivé.

Hier soir, vers six heures dix, j'étais assis près de la fenêtre lorsque j'ai vu un policier remonter notre allée. Ignorant les raisons de sa visite, je me suis rué sur la porte pour l'ouvrir. Son maintien et le ton de sa voix me suggéraient que quelque chose n'allait pas, mais je n'avais pas la moindre idée de ce que ce pouvait être.

« Ta mère est-elle à la maison, fiston ? a-t-il demandé.

— Oui », a-t-elle répondu elle-même d'une voix étranglée. Elle venait d'arriver juste derrière moi. Le policier lui a tendu une lettre officielle et il a murmuré : « Désolé, m'dame », avant de repartir.

Maman est revenue à pas lents vers la cuisine. Elle s'est assise à la table et a regardé l'enveloppe pendant un temps interminable.

« Ne vas-tu pas l'ouvrir ? ai-je demandé.

— J'aimerais ne pas avoir à le faire », a-t-elle répondu. Puis, avec ce qui m'a semblé un énorme effort de volonté, elle a glissé un couteau le long de l'enveloppe et en a extrait une simple feuille de papier. Elle n'a ni gémi ni crié, mais, comme sa lecture avançait, des larmes ont commencé à couler sur la page.

« Qu'est-ce que c'est ? » ai-je demandé dans un dernier instant d'ignorance candide. C'était comme si maman avait été sculptée dans la pierre, les yeux fixés sur la lettre, les larmes coulant sur ses joues. Je lui ai pris la lettre des mains. Elle n'a pas résisté. Les mots sont restés gravés dans mon âme.

Je me souviens avoir crié : « Non ! C'est une erreur ! C'est impossible. Papa vient juste de m'écrire. Il allait bien. Il allait me trouver un casque. »

Maman n'a pas fait un geste.

Je me suis précipité dans ma chambre pour pleurer.

Quelques heures plus tard, j'ai trouvé maman assise telle que je l'avais laissée. Elle n'avait pas bougé un muscle. Ses mains étaient toujours devant elle, comme si elle tenait encore cette lettre atroce.

« Maman, ai-je murmuré en m'approchant lentement, tu devrais aller te coucher. »

Elle n'a pas bougé. J'ai mis ma main sur son épaule. Pas de réaction. Je me souviens lui avoir parlé, mais je ne me rappelle plus ce que je lui ai dit. En tout cas, c'est resté sans effet. Après un long moment, je l'ai entourée de mes bras pour la faire se lever. C'était comme si elle n'avait plus de volonté propre, mais qu'elle était docile si on y suppléait.

Je l'ai doucement conduite à sa chambre, où je l'ai aidée à s'étendre sur son lit. J'ai fait un peu de thé, mais elle n'y a pas touché.

Finalement, j'ai gagné ma chambre et je me suis endormi tout habillé, sur le dessus de lit. Ma nuit a été hantée par les rêves les plus horribles, et je me suis réveillé ce matin, sombre et désespéré.

Je suis allé à la chambre de maman, espérant contre tout espoir qu'elle se sentirait mieux, mais elle était couchée sur son lit, dans la même position où je l'avais laissée la veille, le regard vide, les yeux au plafond. Elle n'a pas réagi à ma voix et elle n'a touché ni au thé ni au petit déjeuner que j'avais préparés.

Je suis triste, en colère et troublé tout à la fois. Que dois-je faire ?

Mettre les choses par écrit semble m'aider – du moins cela m'empêche de pleurer un moment. Papa est mort, disparu. Il ne me racontera plus d'histoires, ne jouera plus au cricket dans le parc. Je ne peux en écrire davantage.

LES TROUPES DE L'EMPIRE ONT SOIF DE COMBATTRE

Des campagnes de recrutement massives au Centre des expositions de Toronto et à travers tout le Canada ont reçu un accueil des plus enthousiastes de la part de nos amis des colonies. Par milliers, ils arborent nos couleurs, impatients de faire leur part pour la mère patrie. Leur principal crainte est de ne pas arriver ici à temps pour participer à cette noble cause.

Jeudi 17 septembre, le soir

Iain est passé après l'école. Il voulait savoir pourquoi j'avais été absent. Je me suis déchargé le cœur. Il a fait preuve de compassion, mais que pouvait-il faire d'autre ? Maman lui a aussi peu parlé qu'à moi. Il a tout de même proposé d'aller chercher Anne ; peut-être aurait-elle une idée.

Quand Anne est arrivée, elle m'a pris dans ses bras d'une façon qui aurait dû me transporter. Mais, vu les circonstances, j'ai à peine réagi. Anne n'a pas eu davantage de succès que Iain et moi pour sortir maman de sa torpeur. Finalement, elle nous a tous préparé un dîner, même si je n'avais pas très faim. Puis elle a écrit un mot pour le docteur et elle est allée le porter. Malheureusement, il était absent.

Anne a dû partir, mais Iain a proposé de rester avec maman et moi. J'ai refusé. Pourquoi devrait-il passer tout son temps avec nous ? En tout cas, le docteur n'allait pas tarder. C'est du moins ce que je pensais.

Après le départ d'Anne et d'Iain, je suis retourné dans ma chambre pour écrire mon journal et attendre le docteur. À peine étais-je assis que j'ai entendu maman se déplacer. Je me suis précipité à la cuisine, pensant que la crise était terminée. Mais ce n'était pas le cas.

Elle avait toujours les yeux dans le vague. Quand je lui parlais, elle m'ignorait, et si je me plaçais devant elle, elle détournait simplement ses pas. Je pouvais la prendre par le bras pour la conduire quelque part, mais aussitôt que je l'avais lâchée, elle revenait à sa besogne – disposer toute l'argenterie sur la table pour la polir. Elle travaillait silencieusement, systématiquement, commençant par les couteaux, passant aux fourchettes puis aux cuillères, pour finir par les plats. Dès qu'elle avait fini, elle recommençait, frottant chaque pièce dans le même ordre. À ma question : « Pourquoi nettoies-tu l'argenterie ? », elle répondait invariablement : « L'argenterie doit rester propre, Jim, tu sais. Papa n'aimerait pas rentrer à la maison pour trouver l'argenterie sale. »

Mais papa ne reviendra pas. J'ai peur.

Vendredi 18 septembre

Chaque jour est pire que le précédent. Je suis exténué. Je n'ai pas dormi la nuit dernière. Le docteur n'est pas venu hier soir, et j'ai passé la nuit à écouter le terrible remue-ménage de maman dans la cuisine. Elle non plus n'a pas dormi, elle est restée attablée, polissant, polissant, polissant... J'ai peur de devenir fou.

Est-ce que maman est folle ?

Le docteur est finalement passé ce matin et il a qualifié la maladie de maman de « réaction hystérique » à la nouvelle de la mort de papa. Il a suggéré que le mieux était de faire admettre maman à l'hôpital Alexandria, où il y a une salle réservée pour ce genre de cas. Je sais de quoi il parlait. La salle des fous. Je ne veux pas que maman aille là-bas, mais elle ne peut pas rester ici, à polir éternellement l'argenterie. Je ne peux rien lui faire avaler. Au moins, là-bas, on s'occupera d'elle et, comme le dit le docteur, l'hystérie ne dure habituellement pas longtemps. HABITUELLEMENT ?

Anne est arrivée alors que le docteur était encore là. Elle n'est pas allée à l'école aujourd'hui, trop préoccupée par maman et moi. Nous avons discuté des options possibles, maman toujours en train de frotter derrière nous, et nous avons finalement conclu que l'Alexandria était la seule solution. Le docteur a appelé une voiture, Anne a emballé quelques affaires pour maman et je me suis mis à pleurer.

Une infirmière d'une infinie gentillesse a reçu maman à l'hôpital et l'a installée dans un lit. Maman refuse de s'allonger, mais elle reste assise, regardant droit devant elle, remuant les mains comme si elle polissait toujours l'argenterie. Cette salle n'est pas un endroit réjouissant. Une femme arpente continuellement les allées entre les lits, demandant à tout le monde si on a vu son enfant. Mais la pièce est claire et spacieuse, et, comme Anne l'a fait remarquer, maman ne semble même pas consciente de ce qui l'entoure.

Anne m'a ramené à la maison – c'est tellement sombre, tellement vide. Elle reviendra demain. J'ai l'impression de trahir maman. Mais que puis-je faire d'autre ? Quand ce cauchemar prendra-t-il fin ?

Samedi 19 septembre

Passé la plus grande partie de la journée avec maman. L'infirmière a dit qu'elle avait dormi un peu la nuit dernière. Son regard est toujours vide et ses mains polissent toujours cette argenterie inexistante, mais au moins elle est allongée. Anne est venue à l'hôpital avec moi. Elle a été d'un grand réconfort et d'une grande aide. Que ferais-je sans elle ? Nous ne pouvons qu'attendre. Mais que se passera-t-il si maman ne va pas mieux ?

Dimanche 20 septembre

Un autre jour d'attente à l'hôpital. Le père d'Anne l'a accompagnée. Il a été plein d'attentions, promettant de faire tout son possible pour nous aider, mais l'état de maman n'évolue pas.

Lundi 21 septembre

Aucun changement. J'ai déménagé chez Anne. Ils ont une chambre de libre, et je ne pouvais plus demeurer seul. C'est un rêve de me retrouver près d'Anne, au milieu de ce cauchemar. Passé la journée à l'hôpital. Je ne peux pas affronter l'école.

Mardi 22 septembre

Maman reste la même. Anne est merveilleuse, tout comme son père. Je l'avais toujours trouvé un peu bizarre, avec ses idées socialistes, mais il est vraiment gentil – et pas dans le genre conventionnel auquel on pourrait s'attendre dans de telles circonstances. Sa méthode consiste à parler de choses sans aucun rapport avec la maladie de maman, et à attirer notre esprit loin des ennuis. Quelquefois, ça marche. Ce soir il nous a raconté des histoires à propos du Canada. Anne était trop jeune pour s'en souvenir vraiment, et nous avons été captivés, transportés l'espace de quelques instants dans un autre monde – un monde de vastes étendues sauvages, de montagnes et de forêts, de patinage sur les rivières en hiver et de canotage en été. On dirait un lieu magique…

Le père d'Anne a aussi l'habitude de lire un poème après le dîner. Je ne suis pas un connaisseur en poésie, n'ayant survolé que les vers de M. Kipling, de Sam McGee et d'autres du même genre. Aujourd'hui, il nous a régalés avec un nouveau poème, qui est paru hier dans le *Times*. Je n'avais jamais entendu parler de ce poète, un certain M. Binyon, pas davantage d'ailleurs qu'Anne ou son père.

C'était un poème à propos de la guerre, mais pas sur les tambours ni les batailles. Pour moi, il parle de papa et je l'ai découpé pour le conserver. Il est intitulé *Pour ceux qui sont tombés*, et j'ai trouvé les vers du milieu réconfortants :

Ils sont partis pour la bataille en
chantant, ils étaient jeunes,
Droits comme des arbres, le regard
franc, fermes et enflammés.
Ils ont été loyaux jusqu'au bout,
envers et contre tout :
Ils sont tombés le visage face à
l'ennemi.

Ils ne vieilliront pas, comme nous
qui sommes restés vieillirons :
Les années ne les fatigueront pas,
ni ne les condamneront.
Au coucher du soleil comme au
petit matin,
Ils resteront dans notre souvenir.
Ils ne se mêleront plus aux rires de
leurs camarades ;
Ils ne s'assoiront plus à la table
familiale ;
Ils ne prendront plus part à nos
tâches quotidiennes ;
Ils dorment au-delà des flots de
l'Angleterre.

Mercredi 23 septembre

Maman est morte la nuit dernière. L'infirmière a dit qu'elle s'était éteinte quelques instants avant qu'Anne et moi n'arrivions. Elle avait l'air si apaisée. Ses yeux étaient fermés et ses mains avaient enfin cessé de polir. Tout le monde est tellement gentil. Je me sens étrangement calme.

Vendredi 25 septembre

L'enterrement de maman. Ces derniers jours se sont passés comme dans un brouillard. Je ne suis plus la même personne qu'il y a quelques semaines. J'ai perdu mon père et ma mère. Je suis seul.

14 septembre 1914
France

Chère madame,

Veuillez excuser cette lettre venant d'un étranger, mais je vous écris pour exprimer mes plus profonds regrets pour la perte de votre mari, le lieutenant William Hay. J'ai l'espoir que les quelques nouvelles que je vais vous donner apporteront un apaisement à votre douleur.

Le 13 septembre dernier, ma compagnie a participé à l'attaque de l'infanterie légère des Highlands sur les rives de l'Aisne. Nos premiers assauts ont été repoussés par un feu intense de l'ennemi. Pendant tout ce temps, le lieutenant Hay s'est donné sans compter et a été un exemple pour ses compagnons et pour son unité.

Vers le milieu de la journée, nous étions revenus dans nos tranchées rudimentaires, sous une pluie d'obus, mais un grand nombre de morts et de blessés étaient restés à l'extérieur.

Un homme délirait et appelait sa femme. Malgré l'intense fusillade, le lieutenant Hay a rampé jusqu'à lui et a commencé à le traîner vers l'arrière. Mais le mouvement a attiré l'attention et l'homme a de nouveau été atteint et tué. Le lieutenant Hay a aussi été blessé à la poitrine, mais il est retombé dans la tranchée. Ses hommes ne pouvaient pas faire grand-chose pour lui. Il est resté conscient et souriant jusqu'à ce qu'il meure en paix, près d'une heure plus tard. Ses dernières paroles ont été pour vous et Jimmy.

Le lieutenant Hay nous manquera douloureusement. Soyez assurée qu'il a accompli son devoir avec la plus grande bravoure.

À vous, avec toute ma sympathie,
Arthur Roberts
Capitaine

Samedi 26 septembre

C'est étrange, mais j'ai ressenti davantage d'émotion en lisant le récit des derniers instants de papa dans une lettre écrite par un total inconnu que pendant les jours précédents. Est-ce que quelque chose ne va pas chez moi ? Je n'ai pas été capable de pleurer pour ma mère. Peut-être que la folie fait partie de la famille. L'étrange comportement de maman, bien avant que nous n'apprenions la mort de papa. Et son hystérie, dont papa m'avait parlé. Tout ça doit être de la folie. J'ai honte et j'ai peur. Anne m'a dit que ceci était parfaitement naturel, mais sa gentillesse ne m'aide pas vraiment. J'aurai cette ombre flottant au-dessus de moi jusqu'à mon dernier jour.

J'ai montré la lettre du capitaine Roberts à Iain. Il l'a lue deux fois et est devenu très calme. Puis il m'a dit qu'il avait décidé de se rendre au bureau de recrutement dès lundi matin. Il a attendu trop longtemps à cause de la maladie de maman. Qu'est-ce que je dois faire ? Je repense aux paroles de papa – les dernières qu'il m'ait dites – à propos des fous et des fanatiques se précipitant à la guerre.

Dimanche 27 septembre

J'ai pris ma décision – fou ou fanatique, je vais m'enrôler demain avec Iain. Qu'est-ce qui peut m'arrêter maintenant ? Anne uniquement, et elle m'a donné sa permission. Je ne peux pas rester ici. Je vais rejoindre le régiment de papa et prendre sa place.

J'ai relu ce journal et je trouve incroyables les notes infantiles que j'y ai écrites il n'y a que quelques semaines. J'ai honte de mon enthousiasme d'écolier, mais je vais conserver ce cahier. Peut-être y écrirai-je même encore un jour mais, à présent, je dois me concentrer sur autre chose. Demain, je serai soldat.

11 octobre 1914
Camp de Gailes, Ayrshire

Chère Anne,

Juste un mot pour te faire savoir qu'Iain et moi sommes bien arrivés. Pas encore d'uniforme ni de fusil, mais nous avons mille morceaux de savon, nous serons donc propres. Nous sommes dans la compagnie F, bataillon de la brigade des garçons de Glasgow (officiellement, le 2e bataillon urbain, 16e d'infanterie légère des Highlands), environ 200 garçons, la plupart de Paisley. Hugh est là, lui aussi. Il a vraiment été surpris de nous voir !

Je t'écris dès que je peux.

Meilleurs souvenirs de ton ami de cœur,

Jim

L'EMPIRE SE RALLIE

LES TROUPES DU DOMINION ÉTABLISSENT LEURS CAMPS DANS LA PLAINE DE SALISBURY

Rien de comparable au contingent canadien n'a débarqué dans ce pays depuis l'époque de Guillaume le Conquérant

7 février 1915
Plaine de Salisbury

Très chère Anne,

Il n'arrête pas de pleuvoir. Nous faisons des marches interminables, creusons des tranchées, tirons des coups de fusil, faisons la queue pour aller manger, tout ça sous cette pluie sans fin. Tout et tout le monde est couvert de boue, et souvent à demi submergé. Je ne veux pas faire le ronchon, mais, à la longue c'est dur pour le moral.

Quelques Canadiens sont cantonnés plus bas sur la route, près de Stonehenge. J'y suis allé ce matin et

j'ai rencontré un gars intéressant, Arthur Hewitt. Il vient de Gravenhurst, au nord de Toronto, au milieu de ces lacs où nous irons pique-niquer un jour. Je crois qu'il m'a trouvé un brin bizarre quand je lui ai demandé si Gravenhurst était un bon coin pour un pique-nique! Néanmoins, nous avons fraternisé. J'espère que je le reverrai.

Les Canadiens ne mâchent pas leurs mots, ils ne se gênent pas pour se plaindre à pleine voix du temps, de leur équipement (ils ont une sorte de pelle remarquable, avec un trou au milieu qui permet de l'utiliser comme bouclier, mais qui en fait est inutilisable) et de la nourriture locale. Tous sont excités car, mercredi dernier, le roi les a passés en revue, un signe certain qu'ils seront bientôt envoyés sur le continent.

De notre côté, nous faisons des progrès en tant que soldats. Notre chef de section est le lieutenant Thorpe, un Anglais, qui se débrouille bien malgré ce handicap. Il a l'air d'un gars honnête, qui prend plutôt bien la plaisanterie.

Thorpe ne ressemble pas à l'idée qu'on se fait d'un soldat. Il est légèrement bâti, avec des traits fins et délicats et une attitude détachée qui nous fait nous interroger, Iain et moi, sur la manière dont il réagira face à un soldat allemand brandissant furieusement sa baïonnette. Il tâte de la poésie et on peut souvent le voir, retiré loin des autres, en train de gribouiller fébrilement. Quand il n'écrit pas, il lit. Où qu'il aille, il a toujours sur lui une édition de poche de Keats. Il s'est approché de moi l'autre jour, alors que j'étais en train de lire le livre que tu m'as gentiment envoyé à Noël. Je ne l'avais pas entendu venir et j'ai sursauté à sa voix, une voix douce qui disait : « Ainsi vous êtes un soldat littéraire, mon petit Hay. »

J'ai sauté sur mes pieds et j'ai salué, mais il m'a fait me rasseoir d'un geste de la main.

« Lisez-vous de la poésie ? a-t-il continué avec un sourire.

— Kipling, monsieur, ai-je dit, et les contes poétiques du Klondike de Robert Service. »

Son sourire s'est élargi. «Jamais Keats, Wordsworth ou Tennyson?

— À l'école, monsieur, mais…

— Mais ils ne vous plaisaient pas particulièrement, a-t-il fait en m'interrompant et en s'agenouillant près de moi.

— Non, ai-je répondu, me relaxant un peu. Jonquilles et rossignols…

— Le problème tient davantage à l'école qu'aux poètes. La Veille de la Sainte-Agnès, *de Keats, a une autre résonance. Et il y a quelques poètes modernes qui, je suppose, auront quelque chose d'intéressant à dire sur cette guerre dans laquelle nous sommes plongés.*

— Comme monsieur Binyon, «Pour ceux qui sont tombés»? ai-je demandé.

— Alors, vous en avez lu un peu? a-t-il dit joyeusement. Le poème de Binyon est assez bon, mais je pensais à des œuvres que composeraient des soldats eux-mêmes.

— Mais les soldats n'écrivent pas de poésie, monsieur.»

Le lieutenant Thorpe a bruyamment éclaté de rire. «Peut-être pas, mon garçon, mais des poètes peuvent devenir soldats. La poésie n'est qu'émotion et expérience, et il n'y a pas d'expérience plus intensément émotionnelle que la guerre. La tragédie de la guerre peut produire quelque chose de grand. Je suis certain qu'il y en a dont l'esprit poétique va être aiguillonné par la guerre. Peut-être même mes pauvres griffonnages se feront-ils remarquer. Quoi qu'il en soit, n'abandonnez pas simplement parce qu'un maître d'école ennuyeux n'a pas eu l'esprit de voir la beauté dans la voix d'un poète.

— Oui, monsieur», ai-je dit, sans trop savoir à quoi j'agréais. M. Thorpe s'est éloigné d'un pas nonchalant, me laissant quelque peu troublé. Peut-être que je devrais essayer quelques poètes. Il n'y a certainement pas grand-chose d'autre à faire pendant notre temps libre.

Que penses-tu des lettres qui ont paru dans le Daily Sketch *et dans le* Mirror *de la part de soldats ayant fraternisé avec des Allemands le jour de Noël ? C'est difficile de croire que c'était davantage que des incidents isolés, et les histoires de matchs de football parmi les trous d'obus doivent être exagérées. L'esprit de Noël est tout ce qu'il y a de bien, mais ce genre de chose ne peut qu'affaiblir la résolution de chacun.*

Nous espérons tous partir bientôt. Pourrai-je te voir ? Sadie, la tante de Iain, a déménagé par ici, à Churchmarston, dans le sud de l'Angleterre, pour demeurer avec sa sœur pendant qu'Iain est à l'armée, aussi va-t-il probablement passer toutes ses permissions là-bas.

S'il te plaît, continue d'envoyer des lettres et des colis – ils illuminent vraiment ma vie ici. Transmets mon bon souvenir à ton père.

Ton ami de cœur,
Jim

LES HUNS ENVOIENT DES GAZ EMPOISONNÉS SUR LES TROUPES DU DOMINION

UNE UNITÉ ALGÉRIENNE CÈDE MAIS LES CANADIENS TIENNENT BON EN DÉPIT DE LOURDES PERTES

N'y aura-t-il pas de fin à la barbarie des Huns ? Tard en fin d'après-midi hier, ils ont envoyé des gaz empoisonnés, une arme rigoureusement interdite par la convention de La Haye, sur les troupes alliées, dans la région d'Ypres. Les troupes coloniales françaises ont subi le plus gros de l'assaut et se sont effondrées, laissant un intervalle de quatre milles dans les lignes. Seule une action rapide et courageuse des Canadiens, qui se trouvaient sur leur flanc, a permis d'éviter une sérieuse défaite.

25 septembre 1915
Camp de Wensleydale

Très chère Anne,

Juste un mot pour te dire que nous nous sommes installés sans problème, ici dans le Yorkshire. En plus de l'infanterie légère des Highlands, il y a des unités du Lancashire, de Gloucester, de Warwick et du Northumberland. Cette paisible campagne n'a jamais reçu autant de visiteurs. Le chef de gare local, un fameux bonhomme, s'est exclamé à notre descente du train que la ville n'avait pas été aussi animée depuis la dernière visite de la fanfare de Black Dyke. Les gens par ici se montrent très amicaux, mais ils ne sont pas faciles à comprendre. Je crois qu'ils pensent la même chose de Hugh.

Nous sommes ici plus de 10 000 et nous formons la nouvelle 32e division. Malheureusement, nous n'avons pas 10 000 fusils et nous devons attendre notre tour pour nous en-

traîner. Il y a eu quelques problèmes l'autre jour, quand le sergent-major de la compagnie, un ivrogne fort en gueule, a oublié de réveiller les hommes, et nous avons manqué le petit déjeuner précédent dix grosses heures de manœuvres sous une pluie glacée. Pour couronner le tout, le commandant de la compagnie nous a traités de « honte du régiment » et nous a consignés dans nos baraquements pour le week-end. C'était terriblement injuste et quelques hommes ont voulu porter l'affaire plus loin, mais finalement le sang-froid a prévalu. Les permissions ont été rétablies, mais la compagnie était exténuée. J'ai entendu le capitaine Cameron marmonner que les compromis n'avaient pas leur place dans l'armée.

Mais nous ne sommes pas la lie de la société qui effrayait le vieux duc de Wellington avant Waterloo. Toutes les classes et les professions sont représentées ici. Nous sommes britanniques et nous devrions être traités comme tels.

Est-ce que ça te semble prétentieux? Je n'avais pas l'intention de l'être, mais nous avons le sentiment d'avoir quelque chose de spécial. Nous n'avons pas rejoint les rangs pour l'argent ou pour la gloire, mais pour notre pays et pour le droit. Nous pouvons faire notre part si on nous la laisse faire.

Quand nous ne tirons pas sur des cibles, nous partons pour d'interminables marches sur des routes de campagne étroites et venteuses, dans la chaleur et la poussière, ou sous une pluie battante. Je suis maintenant capable de faire vingt-cinq milles par jour, avec mon équipement complet sur le dos. Quand nous mettrons les Allemands en fuite, c'est sûr que je ne les lâcherai pas d'une semelle.

Un an depuis l'enterrement de maman. Mon père et ma mère, ça me semble si loin à présent. Ce n'est pas qu'ils aient disparu de mon souvenir, mais ils appartiennent à un monde qui n'existe plus. Je suppose que nous combattons pour faire revivre ce monde, mais, pour l'instant, nous devons faire notre possible.

Je dois m'arrêter là. Iain te dit bonjour. Et, comme d'habitude, rappelle mon bon souvenir à ton père.

Je pense à toi, tu me manques,

Jim

GRANDE VICTOIRE À LOOS

Le 25 septembre 1915 sera une date dont on se souviendra avec fierté dans les annales des armées britanniques. Nos vaillantes troupes, plusieurs provenant des nouvelles armées n'ayant jamais combattu auparavant, ont remporté un remarquable succès dans les champs de mines aux alentours de la ville belge de Loos. Hier, en dépit d'une féroce résistance et malgré de lourdes pertes, nos soldats ont pénétré les lignes allemandes sur une profondeur de trois milles. Une réédition de cette offensive aujourd'hui ne peut que confirmer cette percée et le succès total de nos armées.

---

29 octobre 1915
Codford Saint Mary

Ma chère Anne,

Ce ne sera plus long maintenant. Tous les signes sont là. Des formulaires de pertes du service actif ont été distribués, l'officier des transmissions fait venir des rouleaux de fil barbelé et celui du train part chaque matin avant l'aube pour revenir avec des wagons chargés de marchandises. D'après les vétérans, tout ceci indique que nous allons bientôt embarquer pour la France. Nous sommes tous très excités. Les mauvaises nouvelles de la bataille de Loos nous ont mis le moral à plat pour un moment – les pertes ont été si lourdes et les gains si maigres… L'annonce de cet échec a fait régner un silence lugubre dans les baraquements jusqu'à ce que quelqu'un se soit écrié : « Avons-nous perdu courage ? » Instantanément, la réponse a retenti : « Non ! » L'idée que ça va être notre tour a donné à tous du cœur au ventre.

Nous ne serons pas fâchés de quitter cet endroit. Nous sommes can-

tonnés trop près des chevaux. L'odeur ne me dérange pas, mais elle attire les mouches, qui sont un véritable fléau. Il y a aussi beaucoup de rats, pour la même raison. Mais ils ne sont pas aussi dérangeants que les mouches ; certains des hommes, pourtant, parmi lesquels Hugh, organisent des expéditions de chasse. Le succès n'est cependant pas évident, les rats étant des animaux très intelligents.

Iain vient d'arriver en courant pour dire que des permissions, qui commenceront le 10 novembre, viennent juste d'être annoncées. Un autre signe que nous allons bientôt embarquer. UNE SEMAINE ENTIÈRE DE PERMISSION ! Peut-être aurons-nous notre pique-nique ?

Je t'écrirai au plus tôt.

Ton cher, cher ami,
Jim

L'INFIRMIÈRE CAVELL ASSASSINÉE

L'infirmière Édith Cavell, qui avait courageusement refusé d'abandonner ses patients lorsque les hordes allemandes ont balayé la Belgique, a été exécutée par un peloton militaire. Tout au long de l'année passée, l'infirmière Cavell a bravement soigné les blessés des deux camps ; et voici comment elle a été récompensée pour son courage. Dans un communiqué, les autorités allemandes prétendent que mademoiselle Cavell aurait aidé des soldats alliés à s'échapper.

Mardi 23 novembre, à bord d'un bateau sur la Manche

Ma chère Anne,
Puis-je continuer ce journal à ton intention? C'est toi qui m'as convaincu de reprendre la plume et nous sommes des amoureux, non? Si j'écris ceci pour toi, je me sens plus près de toi que ne le laisseraient penser les milles qui nous séparent.

Il ne me sera pas possible d'écrire tous les jours. Mais même si je le pouvais, cela t'ennuierait probablement à mourir. Je griffonnerai mes pensées et mes impressions quand j'en aurai l'occasion. Nous recevons habituellement le *Daily Mail* ou le *Mirror*, avec seulement un jour ou deux de retard. Pas le *Glasgow Herald*, en revanche, mais je pense que je vais continuer à insérer dans le journal les coupures qui me semblent dignes d'intérêt.

Ce n'est pas que j'écrive pour la postérité. Je nous imagine dans nos vieux jours, nos arrière-petits-enfants se chamaillant à nos pieds et criant avec impatience : « Raconte-nous une histoire de la guerre, arrière-grand-papa ! » Et, tandis que je commencerai, tu vas grogner et dire : « Oh non, Jim, pas la guerre encore ! »

Nous ne sommes pas autorisés à tenir de journaux lorsque nous sommes au front, mais j'essaierai d'emporter le mien partout ailleurs. Bien sûr, je t'écrirai de vraies lettres dès que l'occasion se présentera.

La semaine avant l'embarquement a été une des plus heureuses de ma vie. Je dirais même la plus heureuse, s'il n'y avait eu le mauvais temps pour empêcher notre pique-nique ! En tout cas, ces heures passées à marcher et à parler avec toi resteront gravées dans ma mémoire quoi qu'il arrive.

Avons-nous vraiment parlé de mariage, quand tout ceci sera terminé ? Oui ! Et d'une ferme dans les vastes prairies canadiennes, où nous ferons pousser du blé et élèverons du bétail, et je deviendrai un cow-boy comme dans les romans à dix sous – Six Gun Jim, le gars de Paisley.

Assez déliré.

La traversée de la Manche est plutôt tranquille – comme le dit Hugh : « Pas si pire qu'un voyage à l'île de Bute. » Pourtant, plusieurs des hommes semblent avoir mal au cœur. Je crois que le confinement et l'odeur envahissante des chevaux qui nous arrive des cales en sont la cause autant que la légère houle. Nous faisons partie d'une sorte de convoi, six vaisseaux de transport de troupes escortés par douze destroyers. Ça doit être quelque chose de nous voir tous, comme autant de zèbres cinglés, avec nos camouflages noir et blanc en zigzag et l'épaisse fumée noire que nous laissons dans notre dos tandis que nous fendons les flots grisâtres. Je me suis tenu près du bastingage arrière et j'ai regardé notre sillage s'allonger. Une ligne qui s'étendait jusqu'à l'Angleterre – jusqu'à toi.

Le voyage depuis Codford a été agréable, avec les quais de gares remplis de gens enthousiastes et des scouts qui remplissaient nos gourdes d'eau à chaque arrêt. Nous chantions et partagions leur enthousiasme. C'est tellement exaltant d'être enfin en route.

Nous nous sommes même arrêtés pour une dizaine de minutes à Churchmarston, et tante Sadie est venue nous voir. Iain l'adore tellement. Elle nous a apporté du thé sur le quai et nous a donné, à Iain et à moi, quelques petits cadeaux – des chaussettes tricotées à la main, des mitaines et des passe-montagnes – et un stylo chacun pour que nous puissions lui « donner toutes les nouvelles ». C'est ce stylo que j'utilise en ce moment.

C'était tellement émouvant que j'ai senti une boule dans ma gorge. Où est ma famille ?

Au moment de repartir, Iain a fait un gros câlin à sa tante en lui disant : « Adieu, tatie Sadie. » Quelques soldats qui se trouvaient tout près ont entendu et ont répété à voix haute : « Adieu, tatie Sadie. » Et bientôt, c'est tout le bataillon qui a repris en chœur : « Adieu, tatie Sadie, bonne vieille tatie Sadie ! » Iain était mortifié, mais il était tout de même vachement content de toute cette attention. Elle est vraiment extraordinaire.

En revanche, la scène a été sans grandeur à Folkstone, lugubre, tandis que nous attendions à bord. Un navire-hôpital était amarré le long du nôtre et les blessés étaient en train de débarquer. Certains étaient sur des brancards, mais un grand nombre, le bras en écharpe ou la tête bandée, se frayaient un chemin sur les passerelles. Nous les dévisagions avec avidité, car ils revenaient du front et nous voulions vérifier s'il était vrai que les hommes qui ont récemment participé aux combats ont un regard différent.

J'aurais pensé que les blessés se seraient montrés joyeux d'être de retour chez eux pour un repos bien mérité, mais ils avaient simplement l'air exténués et démoralisés. La plupart traînaient les pieds, la tête penchée vers le sol, le visage jaunâtre et spectral, des poches sous les yeux et les joues pendant mollement. Seuls leurs yeux s'agitaient nerveusement, ne se fixant jamais nulle part.

J'ai trouvé un des hommes particulièrement troublant. Il est passé près de moi et nos regards se sont croisés. Ses yeux étaient d'un gris profond, mais ils semblaient distants, comme hantés. Nous n'étions qu'à quelques pieds l'un de l'autre et, cependant, il ne semblait pas me voir. Son regard était fixé bien au-delà du monde physique qui l'entourait. Quelles horreurs était-il en train de voir ? Dans ce visage effrayant, je reconnaissais ce regard perdu – c'était le regard de maman à l'asile. Est-ce que je ressemblerai à maman et à ce pauvre soldat après avoir été au combat ?

Un étrange silence pesait sur ces hommes, comme si les paroles ne valaient pas la peine d'être prononcées. Notre enthousiasme s'est évanoui sur nos lèvres.

Comme les blessés passaient, un homme dans leurs rangs a brisé le silence et s'est écrié : « Avons-nous perdu courage ? » Nous avons répondu un « Non ! » à nous percer les tympans. Alors, il a lancé d'un ton hargneux : « Ouais, eh bien, vous devriez. » Nous en avons été tout décontenancés. Des hommes d'un tel cynisme ne devraient pas avoir de place parmi nous.

Bien, je dois terminer maintenant, car nous approchons de Boulogne. Dans peu de temps, je me tiendrai sur le sol français. J'ai tellement lu et rêvé de ce pays que j'ai l'impression de le connaître, mais je suis sûr qu'il me réserve encore quelques surprises.

LE CANADA PROMET
20 MILLIONS
DE BOISSEAUX DE BLÉ
À LA GRANDE-BRETAGNE

Mercredi 24 novembre, dans un camp, à Boulogne

Nous ne sommes arrivés au camp que tard dans la nuit, après une longue et dure marche à travers la ville suivie de l'ascension d'une colline. Une forte pluie avait tourné à l'averse de neige fondante, ce qui ne rendait pas notre progression agréable. Cependant, quelques gens du coin sont venus nous encourager.

J'aurais cru qu'ils avaient vu assez de soldats à présent.

En débarquant, hier, certains hommes étaient tellement impatients qu'ils ont dévalé la passerelle en courant. Un caporal-chef des Royal Scots était paresseusement adossé à une bitte d'amarrage.

« Hé ! a-t-il crié, z'avez pas l'intention d'courir, dans c'pays !

— Pourquoi pas ? a demandé Hugh.

— Ouais, a répondu le caporal-chef, z'êtes payés, z'êtes nourris, z'êtes logés, qu'vous courriez ou non. Et quand vous s'rez au front, z'aurez plus envie d'vous sauver pour deux raisons. D'une, c'est plus sûr de pas bouger d'où on est, et de deux, si' vous attrapent, y vous passeront par les armes. Le seul moment où vous pourrez courir, ce s'ra pour monter à l'assaut et il faut être un sacré fou pour se j'ter dans la bataille. »

Cette attitude n'était pas de notre goût, mais nous apprenons maintenant à nous accorder au pas mesuré, nonchalant, des vétérans que nous voyons parmi nous.

Le camp est situé sur une colline dominée par une immense antenne de radio. C'est une ville de toile pavée de caillebotis et entourée d'une haute clôture de fil de fer barbelé, à travers laquelle les galopins du coin viennent nous regarder et nous faire des grimaces. On dirait que cet endroit est destiné à rester miteux, même si nous ne devons y demeurer qu'un jour ou deux. Je ne pense même pas que nous ayons l'occasion de visiter la ville. Nous pourrions aussi bien nous retrouver dans notre campement de la plaine de Salisbury.

Samedi 27 novembre, dans une grange près de Surcamps

Ces deux derniers jours ont été parmi les plus longs de ma vie. Nous avons quitté le camp vendredi à trois heures du matin – trop tôt pour que les joueurs de cornemuse nous accompagnent en musique. À cinq heures et demie, nous étions à la gare. Sur les wagons, on pouvait lire l'inscription « Hommes 40, chevaux 8 », et cela a donné lieu à de nombreuses discussions – est-ce que cela signifiait 40 hommes *ou* 8 chevaux, ou 40 hommes *et* 8 chevaux ? Dans ce dernier cas, de quel côté des chevaux vaudrait-il mieux se tenir ? Heureusement, nous les humains avons eu des wagons pour nous seuls.

Malgré cela, nous étions serrés comme des harengs. Au début nous étions de bonne humeur et nous nous montrions joyeux lors des courtes haltes mais, comme la matinée s'étirait, les arrêts sont devenus plus longs et l'enthousiasme a beaucoup baissé. À la longue, nous

nous arrêtions au milieu de nulle part, sans raison apparente, pour une demi-heure chaque fois. Lors de certaines haltes, nous quittions même les wagons pour faire bouillir de l'eau pour le thé ou faire griller du bacon.

Cette nuit, nous étions plus fatigués qu'au terme d'une marche de vingt milles. Et nous avons dû remettre ça aujourd'hui. Mais, au moins, nous sommes presque rendus à présent. Le reste du chemin se fera à pied.

Nous sommes cantonnés dans des fermes aux alentours de la ville, les hommes dans les granges et les officiers dans les bâtiments d'habitation. Je ne sais ce qui est le mieux, car devant la porte de chaque maison s'élève un énorme tas de fumier. La vieille femme, dans notre ferme, prétend que le sien date de 1870. Apparemment, dans les périodes troublées, les gens cachent leurs objets de valeur sous leur tas de fumier. Il faudrait qu'un voleur soit bien déterminé pour aller les chercher là.

Dimanche 28 novembre, dans une cour de ferme en France

Nous n'avons pas repris notre marche avant midi aujourd'hui pour pouvoir participer à une procession le matin. L'aumônier (que nous surnommons Charlie, d'après cet acteur si populaire aujourd'hui et que nous avions vu dans *Mabel au volant* un dimanche après-midi) est un homme agréable, pas du genre apocalyptique, ce qui ne serait pas très bien accueilli par les gars, mais assez facile à vivre pour plaire à tout le monde. Il rédige des lettres pour ceux qui ne savent pas écrire. Il a organisé une chorale avec les hommes doués des meilleures voix, et il utilise un harmonium portatif pour couvrir les bêlements des autres pendant les psaumes. Ce matin, il nous a servi un bref sermon (c'est aussi sa brièveté qui le rend populaire) sur la loyauté et le devoir, puis il a donné la communion en plein air à ceux qui le désiraient.

Après la messe, nous avons parcouru quinze milles et la plupart d'entre nous avons pensé au train avec nostalgie. Nous transportions chacun un équipement complet, 120 cartouches, une réserve de vivres (il s'agit de rations de survie : corned-beef, thé, sucre et biscuits de soldats) et les fusils – un chargement pesant, surtout sur ces routes françaises. Nous avons été heureux d'atteindre cette ferme, même s'il n'y avait pas assez de place pour nous tous dans la grange. Beaucoup d'entre nous devons nous contenter de dormir à la belle étoile. Heureusement, il ne pleut pas et nous nous tenons au chaud autour d'un feu que nous avons allumé après avoir sacrifié un arbre pour l'effort de guerre.

LA CHINE DEMANDE À JOINDRE LES FORCES ALLIÉES

UNE GUERRE VÉRITABLEMENT MONDIALE

Lundi 29 novembre, dans une autre ferme

Aux premières lueurs du jour, nous avons été réveillés par un petit homme qui portait un chapeau melon et une écharpe tricolore en travers de son costume. Il se tenait, le visage rouge, aux abords de la cour de la ferme et nous sermonnait avec colère dans un français précipité. L'interprète («l'interrupteur», dans notre argot) a été tiré du lit et la diarrhée verbale a été dirigée contre lui.

Apparemment, le petit homme est le maire du village tout proche et l'arbre que nous avons abattu et brûlé la nuit dernière était presque un monument historique, «le meilleur pommier de toute la Picardie», selon lui. Il a exigé, en compensation, la coquette somme de 100 francs, environ 5 livres. C'est plus que trois mois de ma solde, et je soupçonne que pour ce prix-là il pourrait acheter un verger entier. Il a finalement été emmené dans la maison pour y rencontrer le commandant, et il en est ressorti près d'une heure plus tard, considérablement calmé.

Une rude journée de marche. La seule consolation, c'est qu'il fait frais. Ce serait vraiment éprouvant sous un soleil d'été. Nous marchons pendant une heure, puis nous nous reposons dix minutes. La campagne environnante est assez agréable, avec de petits bois et des villages reliés entre eux par des routes extraordinairement rectilignes et bordées d'arbres. De loin, le pays paraît plat, mais il est formé d'interminables côtes qui minent nos forces.

Les villages sont souvent pires car leurs rues, et la route elle-même sur un ou deux milles avant et après, sont pavées de gros blocs de pierre pas trop bien ajustés. Le sol est donc inégal et les clous de nos souliers glissent sur la pierre comme sur de la glace.

Chaque village est construit autour d'une place ouverte dominée par une église. Les habitants sortent pour nous regarder passer et, malgré les malédictions qui nous échappent à chaque glissade sur les pavés, nous leur donnons toujours un spectacle en gueulant une chanson au son des cornemuses. Les villages semblent exclusivement peuplés de vieillards et de femmes, bien que je soupçonne la présence de jeunes filles confinées dans les maisons. Dans un village, une jeune fille est apparue dans l'embrasure d'une porte et elle a été saluée par un chœur de cris et de sifflements. Elle a rapidement été entraînée hors de notre vue.

Mardi 30 novembre, Bertangles

Jour de la Saint-André. Un logement agréable, que nous partageons avec des soldats des Indes, de grands hommes fiers portant des turbans. C'est étrange de les voir ici dans de telles circonstances, si loin de chez eux, mais ils semblent assez enjoués.

Lorsque nous avons terminé notre marche aujourd'hui, nous nous sommes livrés à l'habituelle routine, cantonnement et préparation pour la nuit, mais ce soir c'était différent. Iain et moi étions en train de préparer notre couchage dans la grange en bavardant quand Iain a touché mon bras. J'ai remarqué que les autres hommes s'étaient tus. Je me suis dis qu'un officier s'était peut-être présenté pour une inspection surprise. C'est alors que j'ai entendu un grondement sourd dans le lointain.

« Le tonnerre, ai-je fait. Heureusement que nous sommes à l'abri ce soir. » Mais Iain a secoué la tête. C'est alors que j'ai compris… c'étaient les canons que nous entendions. Bien que nous soyons encore à des milles du front, le bruit de la canonnade se transmet jusqu'à nous. Cela nous a rappelé à tous que nous n'étions pas ici pour une promenade de vacances. Il y a du boulot sérieux qui nous attend sous peu.

GANDHI REVIENT EN INDE ET APPELLE À LA PAIX

Mercredi 1er décembre, Pierregot

Le grondement des canons est constant à présent et nous n'en sommes plus très éloignés. Iain dit que les plus forts viennent probablement des canons de quinze pouces de la marine. Nous sentons même le sol trembler sous nos pieds. Aucune action d'importance cependant, seulement les activités ordinaires de la guerre.

Nous allons rester ici plusieurs jours. Pour apprendre la routine, chaque compagnie sera envoyée en première ligne quelques jours seulement à la fois. Face à cela, j'éprouve deux sortes de sentiments. D'une part, c'est pour ça que nous sommes là et je suis aussi enthousiaste que jamais. Mais, d'un autre côté, j'ai une peur bien compréhensible de l'inconnu. Je suppose que c'est en surmontant cette peur que je deviendrai un vrai soldat.

LES ARMÉES DE KITCHENER BRÛLENT DE PARTIR AU COMBAT

Des dizaines de milliers de jeunes hommes qui, il y a un peu plus d'un an, étaient des employés insouciants, des boutiquiers ou des commerçants sans autre grande préoccupation que celle de savoir qui allait gagner le match de samedi, se sont embarqués vers la France pour goûter à la vie des tranchées et passer leur premier Noël loin de chez eux.

Mercredi 8 décembre, Pierregot

Tant de choses se sont passées cette semaine. Dans la nuit de dimanche, la compagnie F a été envoyée au front, à un endroit nommé Thiepval. Nous avons remplacé les Seaforth Highlanders et on a cousu des écussons rouges sur nos manches pour nous distinguer. Nous avons progressé dans l'ombre, à travers un monde cauchemardesque de chaos et de noirceur, éclairé uniquement par les flammes jaillissant des bâtiments en ruine, les lueurs des canons près desquels nous passions et les fusées éclairantes qui s'élançaient par intermittence vers le ciel. Aussi près du front, il est impossible d'échapper à l'odeur de cendre. Plus nous approchions, plus la confusion était grande.

De l'équipement était abandonné en tas, dans un désordre apparent le plus total, au bord de la route. Les constructions étaient de plus en plus endommagées, un simple trou dans un toit, au début, puis des murs entiers écroulés. À un carrefour, deux pauvres chevaux avaient été atteints par l'explosion d'un gros obus. Ils gisaient au milieu de la route, toujours attelés aux débris de la charrette qu'ils avaient tirée. Nous avons dû faire un détour pour les éviter. J'ai essayé de ne pas regarder leur corps enflé, mais je n'ai pas pu m'empêcher de remarquer que leurs lèvres étaient complètement retroussées en un hideux sourire moqueur, exposant leurs longues dents jaunes. Mais le pire, c'était la puanteur. L'âcre odeur de la pourriture mêlée à celle, ordinaire, des chevaux, cette odeur qui me rappelait la maison, mais qui, mélangée à celle de la mort, me retournait l'estomac. Pourquoi n'avait-on pas enterré décemment les pauvres bêtes ?

Après ce qui nous a semblé une éternité, nous sommes descendus par des caillebotis de bois dans une tranchée de communication. Nous l'avons suivie sur une longue distance, jusqu'à ce que nous atteignions la section de la ligne de front dont nous aurions la responsabilité pendant les quelques jours à venir. Les formalités de transfert achevées, la compagnie de Seaforth s'est faufilée au-dehors pour rejoindre avant le jour son lieu de repos bien mérité.

Nous n'avons terminé notre installation qu'à l'aube, aussi n'avons-nous pas eu l'occasion de dormir. En première ligne, il faut être debout chaque jour avant l'aube, car c'est le moment le plus propice pour un assaut. Comme le soleil se levait, la première chose qui m'a frappé à été le désordre qui régnait ici. Dans nos tranchées d'entraînement, nous étions sévèrement punis quand nous laissions traîner quelque chose. Ici, de vieilles pièces d'équipement sont suspendues n'importe où et tout un tas d'ustensiles de fortune et de périscopes encombrent les abris et les murs des tranchées.

Les tranchées n'ont que quatre pieds de large et huit de profondeur. La paroi qui fait face à l'ennemi, le parapet, est garnie de sacs de sable, et une sorte de marche permet aux hommes de se tenir à la hauteur du sol et de tirer sur les assaillants. La paroi arrière, ou parados, est maintenue par un réseau de branchages entrelacés qu'on appelle le « revêtement ». À chaque intervalle de quelques pas, la tranchée fait un coude à angle droit pour atténuer les effets de l'explosion des bombes ou des obus qui peuvent y tomber.

Les officiers disposent de casemates raisonnablement spacieuses et sûres, creusées profondément sur les côtés des tranchées, mais les hommes de troupe doivent se contenter – et encore, avec de la chance ! – de la marche de tir ou de petites tranchées-abris individuelles, qu'on appelle des « cagnas », creusées dans la paroi et masquées avec une vieille pièce de bâche goudronnée pour se garder de la pluie. Tout est humide. Même quand il ne pleut pas, l'humidité suinte du sol. Et cette odeur permanente, une puissante odeur de terreau avec des nuances douceâtres. Ce n'est pas désagréable et, avec le temps, on ne la remarque même plus.

La routine quotidienne au front est simple. Nous sommes debout avant l'aube, prêts au combat au cas où une attaque surviendrait. Aux premières lueurs du jour, les fusils sont nettoyés et inspectés, et on nous sert une rasade de rhum (une cochonnerie qui brûle la gorge – je donne la mienne à Hugh et à ses amis, à qui ça a l'air de réussir), puis un petit déjeuner, après quoi nous retournons aux tranchées-abris pour dormir encore un peu en attendant le déjeuner de midi. Dans l'après-midi, nous passons environ trois heures à réparer les dégâts survenus dans la tranchée, à surveiller l'ennemi avec les périscopes et à nous livrer à de sales corvées du genre creuser de nouvelles latrines. État d'alerte de nouveau le soir, notre période de plus intense activité.

La nuit, nous travaillons. Même si nous avons du temps libre, il est impossible de dormir à cause du bruit. Dans l'obscurité, tous les hommes sont occupés, posant ou réparant des barbelés devant la tranchée, rapportant des fournitures de l'arrière ou creusant des postes d'observation dans le *no man's land*. Travailler aux postes d'observation est le plus effrayant, mais aussi le plus intéressant. C'est là qu'on se sent le plus exposé et le plus seul. On y entend parfois l'ennemi parler – ce qui nous rappelle que lui aussi s'aventure dans le *no man's land* pour nous observer.

Pendant notre première journée au front, Iain et moi avons examiné notre nouvel environnement. Sur la gauche de la compagnie F, nos lignes s'avancent jusqu'en bordure du bois de Thiepval, puis s'enfoncent dans la vallée. Face au bois, en haut de la crête, se trouve le village de Thiepval, dominé par les ruines d'un vaste château que les Allemands ont transformé en une formidable redoute. À notre droite, les lignes serpentent jusqu'à un redan appelé « le Nap ». Celui-ci fait face à un autre point fort des défenses allemandes baptisé « la Redoute de Leipzig ». Droit devant nous, de l'autre côté de champs ouverts en pente douce, les lignes allemandes s'appuient sur un autre ensemble de fortifications, que nous appelons le « Château des merveilles ».

J'étais en train d'évoquer avec éloquence la façon dont nos tranchées sont bien conçues tandis qu'Iain scrutait le paysage grâce à un périscope de bois, la seule manière de voir par-dessus le parapet sans s'exposer aux tireurs ennemis.

« Je ne crois pas, a-t-il fait.

— Que veux-tu dire ?

— Eh bien, a-t-il répondu, elles sont assez bien construites, mais regarde où nous nous trouvons. » À travers le périscope, j'ai regardé le monde au-dessus de nous. Le sol herbeux grimpait en pente douce jusqu'aux tranchées allemandes, à quelque 250 pas de là.

« Maintenant, regarde en arrière », m'a ordonné Iain.

Le panorama était tout à fait similaire, même si le sol y était davantage criblé de trous d'obus et de lignes de tranchées.

« Qu'est-ce que tu vois ?

— Je ne sais pas. » Je ne savais pas trop ce que Iain voulait me faire voir.

« La pente est ascendante des deux côtés, a-t-il repris. Ce qui signifie que tout attaquant devra charger en grimpant, tandis que les Allemands peuvent charger en descendant. De plus, toute l'eau s'écoule dans nos tranchées. Pourquoi ne les avons-nous pas creusées plus en arrière, en haut de la colline ? Elles seraient plus sèches et plus confortables, et nous n'aurions pas l'ennemi au-dessus de nous. »

Ce que disait Iain était logique, mais il devait nous manquer des éléments. Les généraux ne nous auraient certainement pas mis dans une mauvaise position sans une bonne raison.

« Je suis sûr qu'il y a une explication, ai-je articulé faiblement.

— Peut-être, a répliqué Iain, mais il n'avait pas l'air convaincu.

— Il y a une explication. »

Nous avons sursauté, tous les deux. Le lieutenant Thorpe se tenait derrière nous. Instinctivement, nous nous sommes mis au garde-à-vous.

« Repos, a-t-il dit. La raison, c'est que sommes ici temporairement. »

Comme monsieur Thorpe ne semblait pas vouloir continuer, Iain a demandé : « Je vous demande pardon, monsieur. Temporairement ?

— Le haut commandement considère les tranchées comme un moyen temporaire de défense en attendant une nouvelle offensive. Si elles étaient trop bien situées, tant du point de vue de la position que du confort, les soldats seraient moins enclins à les quitter pour donner l'assaut.

— Mais, monsieur, a repris Iain, ces tranchées sont là depuis plus d'un an. Ce n'est pas vraiment temporaire.

— C'est ainsi», a laissé tomber monsieur Thorpe. Puis il m'a regardé plus particulièrement. «Et vous, Hay. Vous lisez toujours?

— Oui, monsieur, ai-je répondu tandis qu'Iain me dévisageait.

— Cette guerre n'a pas été bonne pour la littérature. Brooke et Grenfell ont disparu. Et maintenant Stadler.

— Stadler?

— Ernst Stadler, a articulé Thorpe. Un très bon poète.

— Son nom sonne allemand, a fait remarquer Iain.

— Oui, a répliqué M. Thorpe. J'ai rencontré Ernst à Oxford. Il a étudié et enseigné à travers toute l'Europe... et au Canada également, je crois. Il a été tué près d'Ypres. Les Allemands produisent aussi des poètes, vous savez. Avez-vous déjà lu Keats? a-t-il ajouté en se tournant vers moi.

— Non, monsieur, ai-je fait, un peu honteux.

— Oh, ça n'a pas d'importance. Peut-être le ferez-vous un jour.» Puis il a fouillé dans sa poche et en a sorti une page froissée qu'il avait arrachée dans *Punch*. «Ceci peut vous plaire. La publication est anonyme, mais une note indique que l'auteur est canadien. Prenez-la.»

Le lieutenant Thorpe nous a vaguement salués et s'est éloigné dans la tranchée. Iain et moi nous nous sommes regardés avec curiosité.

« Qu'est-ce que c'est que cette histoire ? a-t-il demandé.

— Oh, il m'a trouvé en train de lire ce livre qu'Anne m'avait envoyé à Noël et il s'est mis dans l'idée que je suis une sorte d'intellectuel dévoreur de livres, et chaque fois qu'il me voit, il me parle de poésie.

— C'est un drôle d'oiseau, c'est sûr. »

La page que M. Thorpe m'a donnée contenait un poème, « Dans les champs de Flandres », par *Anonyme*. Au début, j'ai pensé que ça allait être une autre pièce déprimante sur les morts, mais Iain et moi avons aimé l'image de l'alouette volant au-dessus des canons, et l'appel à poursuivre la « querelle avec l'ennemi » était exaltante. Je ne sais pourquoi l'auteur ne veut pas dévoiler son nom. Si jamais j'écris quelque chose, je veux que ce soit signé.

La vie dans les tranchées est relativement peu dangereuse, aussi longtemps qu'on se souvient de garder la tête baissée. Les bombardements ne posent pas de problème, à moins qu'un obus ne tombe exactement dans la tranchée, ce qui n'arrive que très rarement. Un obus s'écrasant à quelques pieds de distance fera du bruit, mais le souffle de l'explosion passera au-dessus de nos têtes.

Les coups de feu incessants des tireurs sont plus dangereux. Les Allemands sont très forts à ce petit jeu qu'ils pratiquent juste au-dessus du parapet, et tout ce qui dépasse court de grands risques. C'est ainsi que nous avons eu notre premier mort dans le bataillon. La semaine dernière, un homme de la compagnie A (curieusement, il portait le numéro un du premier groupe, première section de la première compagnie) a été atteint à la tête et en est mort. Il a été imprudent, mais je me demande pourquoi nous n'avons pas de casques métalliques pour éviter ce genre de gâchis.

Nous sommes revenus à l'arrière ce matin – deux jours seulement au front, pour nous donner un avant-goût. C'était toute une expérience, un peu ennuyeuse toutefois si l'on considère que nous étions tout près de l'ennemi. Il n'y a eu qu'un moment désagréable.

La nuit dernière, tandis que nous attendions d'être relevés par la compagnie C, j'étais de faction. Ceci implique de ramper dans une tranchée d'approche jusque dans le *no man's land*, s'y tenir, observer, écouter et tâcher de rester éveillé sans geler. Les nuits précédentes avaient été d'un froid mordant à cause de la gelée, mais la nuit dernière la température s'était adoucie et il avait plu abondamment. Le sol était glissant et plusieurs pouces de boue et d'eau s'étaient accumulés au fond de la tranchée. J'ai vite été complètement trempé et couvert de boue. L'attente était froide et désagréable, mais j'avais peur, également. Dans l'obscurité, le moindre petit bruit, même celui d'un rat qui détale, était amplifié par mon imagination jusqu'à devenir celui d'une horde de Prussiens chargeant pour moi tout seul. La paroi de la tranchée en face de moi était partiellement effondrée – un obus était tombé tout près, la veille. Cela lui donnait une silhouette irrégulière que mon esprit transformait en soldats prêts à donner l'assaut. Mon imagination était débridée et, une fois ou deux, j'ai été sur le point de tirer dans le vide. Je transpirais, malgré la fraîcheur de la nuit.

Mon agonie a pris fin quand Iain est venu, accompagné de l'homme de la compagnie C qui devait me relever. Je ne lui ai rien dit de ma peur et je me suis faufilé rapidement dans la tranchée de réserve.

Notre routine ordinaire consistera en six jour de réserve, six jours en première ligne, six jours de repos, puis retour à la réserve. Il y aura une grande offensive avec les nouvelles armées, mais pas avant le printemps, quand le temps se sera amélioré. Nous leur montrerons alors de quel bois nous nous chauffons.

Tu vois, Anne, je suis un véritable soldat à présent, pas vraiment endurci par la bataille, mais j'ai connu les tranchées. Je t'écrirai une vraie lettre demain. Bonne nuit.

N'est-ce pas stupide ? De souhaiter bonne nuit, je veux dire. Tu ne liras pas ces lignes avant que nous ayons eu, tous les deux, bien d'autres nuits de sommeil. Je ressentais simplement le besoin de t'écrire comme si j'étais en train de te parler, même si tu ne peux pas me répondre. Tu me manques, mais je dois dormir maintenant avant de devenir trop sentimental.

UN POÈTE TUÉ

Le jeune et prometteur poète Charles Hamilton Sorely est tombé au champ d'honneur, près de Loos. Bien que n'ayant pas la stature ou le tempérament d'un Brooke, son travail laissait présager une œuvre intéressante pour un homme âgé de vingt ans à peine. Son œuvre la plus connue est *Quand tu verras des millions de morts sans voix*.

Jeudi 9 décembre, Pierregot

Journée tranquille, passée à nettoyer et à se reposer. Nous sommes suffisamment loin du front, et seuls les plus gros obus peuvent nous atteindre, ce qui est très rare. Malgré cela, le paysage est violemment dégradé par l'activité des soldats, l'équipement et les chevaux. Nous vivons dans des tentes, souvent de notre propre fabrication. Nous empruntons sans vergogne – nous ne disons jamais « voler » – tout ce qui peut rendre notre situation plus agréable.

Pourtant, le froid s'insinue sous nos vêtements les plus épais. Plusieurs fois par jour, je remercie avec ferveur tante Sadie pour ses généreux cadeaux de lainages. Les artilleurs, qui sont très nombreux en arrière des lignes de combat, portent souvent de lourdes vestes en peau de bique ou de mouton qui, en dépit de leur forte odeur animale, sont très estimées.

Vendredi 10 décembre, Pierregot

Autre journée calme. Iain est en train d'organiser une partie de football contre le 17e d'infanterie légère des Highlands pour dimanche. Notre équipe était bonne au camp d'entraînement – voyons si nous allons toujours dominer en France.

C'est une chose curieuse, Anne, mais c'est quand j'ai le plus de temps pour écrire que j'ai le moins de choses à dire. Bien que nous soyons pratiquement à portée de fusil de l'ennemi dans la plus grande guerre de l'histoire, la vie, pour sa plus large part, est mortellement ennuyeuse. Chaque journée n'est qu'une réplique de la précédente – défilés, marches, transport et repos. Les seules choses qui sortent de l'ordinaire sont les distractions. Une douzaine d'hommes de la compagnie F, déguisés en femmes et se déhanchant sur une scène de fortune avec des draps en guise de rideaux, est considéré ici comme un triomphe artistique.

C'est une guerre très différente de celle dans laquelle papa a brièvement combattu. Il a marché pendant des semaines alors que nous restons assis dans des tranchées qui n'ont pas bougé depuis un an. La tension de notre position provoque simplement une sorte de léthargie, une répugnance à entreprendre quoi que ce soit qui sorte de l'ordinaire. De plus, je m'aperçois qu'écrire me rappelle la maison et me rends la situation encore moins agréable.

J'ai décidé, en conséquence, de n'écrire que lorsque j'aurai quelque chose à raconter. Si ma routine quotidienne est ennuyeuse, ce n'est pas une raison pour que mon journal le soit aussi (quoi qu'en pensent les générations futures !) Alors, en attendant la prochaine étincelle créatrice, adieu.

TOWNSHEND BLOQUÉ À KUT

Dans la campagne de Mésopotamie, le général de division Charles Townshend et plus de 8000 soldats britanniques, face aux Turcs, ont trouvé refuge dans le désert, dans la ville de Kut. C'est une triste issue à la tentative de Townshend de prendre Bagdad. Heureusement, les troupes de relève ne se trouvent qu'à une vingtaine de milles sur le Tigre et le siège ne devrait pas durer.

Dimanche 12 décembre, Pierregot

Déjà quelque chose à raconter. Nous avons joué cet après-midi contre le 17e et nous l'avons battu à plates coutures. Ton héros, malgré son handicap de jouer arrière droit, a marqué le but gagnant, son premier. Je me trouvais à l'avant pour un coup de pied de coin. Le ballon s'est élevé et a atterri à mes pieds. Avant même que j'aie eu le temps de m'en rendre compte, je l'avais envoyé derrière le gardien de but, qui était au moins aussi étonné que moi. Nous menions maintenant par deux buts à un, score qui est resté inchangé. Iain, qui jouait à côté de moi comme arrière gauche, a plaisanté après le match, disant qu'il m'enverrait à l'avant et qu'après la guerre j'aurais un bel avenir avec Saint-Mirren, ou même avec les Celtics ou les Rangers. Même Hugh, qui exprime son agressivité en jouant comme libéro, dernière ligne de défense en couverture de notre gardien de but, m'a congratulé après le match. Je dois veiller à ce que ma tête n'enfle pas trop, sinon elle va tomber sous son propre poids.

DES TROUPES D'AUSTRALIE ET DE NOUVELLE-ZÉLANDE ÉVACUÉES DE LA TÊTE DE PONT DE SUVLA

Au cours des dernières nuits, la totalité des forces de l'ANZAC[9] tenant la tête de pont dans la baie de Suvla, sur la péninsule de Gallipoli, a été évacuée. Cette prouesse extraordinaire a été accomplie sans que le moindre sang soit versé. Malheureusement, ces soldats ont laissé de nombreux camarades ensevelis dans les collines sauvages et les ravines. Seules des troupes britanniques restent maintenant au cap Helles.

Dimanche 19 décembre, tranchée de réserve

Nous avons repris notre tour ici dans la nuit de lundi, après notre fameux match de football. Six jours à transporter de l'équipement, à poser des caillebotis et des barbelés, à faire mille autres tâches dont la somme constitue notre effort de guerre.

La vie dans la réserve ne présente pas trop de danger, bien que nous soyons à la portée de plusieurs éléments d'artillerie, et même des mitrailleuses à longue portée. Quelques endroits

9 Ensemble des soldats australiens et néo-zélandais. [Note du traducteur]

sont considérés comme dangereux – l'un d'eux en particulier ne peut pas être franchi en plein jour. L'artillerie de l'ennemi est pointée sur les carrefours et autres croisements, et il y tombe occasionnellement des obus. Nous avons vite appris à les reconnaître, et nous accélérons, penchés en avant, lorsque nous devons y passer.

Cette nuit, nous rejoignons la ligne de front pour notre tour, ce qui signifie que nous serons là-bas pour Noël. On nous a dit et répété qu'il ne devra y avoir aucune célébration comme l'année passée. Tout contact non belligérant avec l'ennemi sera sévèrement puni, et il semble que nos chances de quitter spontanément les tranchées ou de rentrer à la maison soient bien minces.

Quoi qu'il en soit, je vais te souhaiter, ainsi qu'à mon journal, un joyeux Noël, et je t'écrirai la suite de mes aventures quand nous retournerons à l'arrière pour nous reposer, le lendemain de Noël.

CONFIDENTIEL

Il ne sera pas toléré cette année de fraternisation illicite comme cela s'est produit l'année dernière. L'artillerie maintiendra un pilonnage ralenti tout au long de la journée, et toute occasion d'infliger le maximum de pertes à l'ennemi qui se montrerait à découvert devra être saisie.

Lendemain de Noël, Pierregot

JOYEUX NOËL ! C'est aujourd'hui mon jour préféré de la saison, mais pour d'autres raisons cette année. Tout a été calme au front, sans doute à cause du froid mordant ; nous étions tous trop occupés à essayer de rester au chaud. Un homme de faction a même dû être renvoyé à l'arrière à cause de ses doigts gelés. Il a été le seul blessé de notre compagnie. À part les bombardements sporadiques et des coups de feu irréguliers, nos vies sont supportables.

Les ordres de demeurer dans nos tranchées hier ont été suivis, au contraire de l'année passée, quand, selon ce que les vétérans nous ont raconté, des soldats des deux camps ont quitté leurs tranchées pour enterrer leurs morts et fraterniser.

Bien que nous n'ayons pas eu de match de football cette année, il y tout de même eu une trêve tacite sur le front le jour de Noël. Nous n'avons presque pas entendu de coups de feu. Pendant une journée au moins, cela a été vivre et laisser vivre. Vers les trois heures, hier, nous avons été mis en alerte, car les sentinelles signalaient une activité accrue dans les tranchées allemandes. Nous nous sommes mis en position sur la marche de tir, dans l'attente de je ne sais quel maudit tour que l'ennemi nous préparait. Finalement, nous avons vu quelque chose s'élever au-dessus de la tranchée adverse, mais il ne s'agissait pas de hordes d'assaillants vêtus de gris. C'était une longue banderole méticuleusement décorée d'arbres et de traîneaux peints, et qui portait les mots « JOYEUX NOËL, CORNEMUSEUX ! »

Le régiment en face de nous vient du sud de l'Allemagne, ce sont des Saxons, je crois, davantage enclins à laisser faire les choses que les Prussiens du nord. Nos gars ont ri et ont crié en retour : « Joyeux Noël aussi, Fritz ! »

L'atmosphère s'est considérablement détendue, et quelques hommes ont même tenté de lancer par-dessus les défenses des boîtes de corned-beef en échange de saucisses allemandes, mais la distance était trop grande. Vers le crépuscule, les Allemands ont commencé à chanter, des cantiques surtout, terminant par « Ô douce nuit ». C'était assez émouvant, et nous avons écouté en silence. Quand ils ont eu fini, une voix a crié en anglais : « C'est votre tour de nous chanter quelque chose, les cornemuseux ! » Comme nous n'étions pas assez nombreux à connaître des cantiques appropriés, nous leur avons offert un pot-pourri de chansons militaires. « Tipperary », bien sûr, et bien d'autres. Nous avons terminé par « Marie avait un petit agneau », les onze couplets, un seul d'entre eux pouvant être chanté par des enfants.

Les Saxons ont eu l'air très contents, et nous sommes redescendus pour préparer notre dîner de fête, rien de comparable avec ce que nous avions connu chez nous, ni même avec celui gentiment fourni par des gens du coin l'année dernière, mais agréable quand même. La plupart des hommes avaient quelques petites gâteries reçues de leur famille, que nous avons partagées. Tout s'est très bien passé, merci.

L'émotion était là pour l'occasion et plusieurs ont presque eu les larmes aux yeux après la ration de rhum supplémentaire. C'est étrange de penser que les tranchées d'en face sont remplies d'hommes qui essaient de se garder au chaud et au sec, comme nous le faisons nous-mêmes. Je me demande si un jeune soldat saxon est en train d'écrire un journal pour sa petite amie. Il est facile, d'habitude, de penser à l'ennemi en tant que « eux » – monstres inhumains qui projettent notre mort et notre destruction. Mais c'est plus dur quand on a plaisanté et chanté avec eux. Ces hommes qui nous ont souhaité un joyeux Noël sont-ils les mêmes que ceux qui ont massacré des femmes et des enfants à Louvain et à Dinant ? Peut-être que les soldats, dans les tranchées, sont tous les mêmes. Peut-être que, si on nous laissait tous faire, nous remballerions nos affaires et repartirions chez nous. Mais nous ne ferions pas dix pas, Saxons autant que

Britanniques, que nous nous ferions arrêter et fusiller comme déserteurs. Alors, nous restons.

Mon jour préféré de l'année l'a été davantage encore lorsque, de retour du front ce matin, j'ai trouvé ton colis qui m'attendait. J'ai mis immédiatement le cache-nez, les chaussettes et les gants, vu que ceux de tante Sadie sont dans un piètre état. Le chocolat et le gâteau seront bientôt servis, et le livre lu. Je n'ai encore rien lu de John Buchan[10], mais celui-là semble divertissant. Je suppose que les trente-neuf marches du titre font partie de l'énigme. La grande littérature, c'est très bien, mais un bon livre d'aventures peut nous faire oublier nos épreuves quotidiennes.

Bon, je vais dormir maintenant parce que, même quand tout est calme au front, les occasions sont rares et précieuses. En relisant ceci, je m'aperçois que ça ressemble davantage à une lettre qu'à un passage de journal. Tu me manques. Bonne nuit.

10 John Buchan, qui fut Gouverneur général du Canada, a écrit entre autres « Les 39 marches », célèbre roman d'espionnage adapté à l'écran par Alfred Hitchcock en 1935. [Note du traducteur]

DOUGLAS HAIG REMPLACERA SIR JOHN FRENCH COMME COMMANDANT EN CHEF DES TROUPES BRITANNIQUES SUR LE CONTINENT

Après nos décevantes prestations à Neuve-Chapelle, Ypres et Loos durant l'année écoulée, on espère beaucoup du nouveau commandement. Haig aura sous ses ordres les soldats de Kitchener et il peut compter sur eux pour les utiliser au mieux. Le Hun ferait mieux de faire attention quand le printemps arrivera.

Vendredi 31 décembre, Pierregot

Une nouvelle année, et la guerre n'en finit pas. Elle sera certainement terminée à Noël... mais quel Noël ?

L'année dernière, tout le monde était parti faire la fête et j'avais été l'exception, restant seul. Cette année, ce sont Hugh et ses acolytes qui sont l'exception en allant à l'*estaminet*[11] local terminer l'année dans l'alcool. Beaucoup de gars sont restés assis et pensifs. Iain et moi avons parlé de la guerre.

« L'année prochaine en verra la fin, ai-je commencé.

11 En français dans le texte. [Note du traducteur]

— C'est ce que nous avons tous dit au dernier nouvel An. » Iain est en train de devenir un brin cynique.

« Mais 1916 sera différent, ai-je repris. Les nouvelles armées sont prêtes et, une fois le beau temps revenu, la Grande Offensive nous poussera au travers des lignes allemandes dans un pays libéré. »

Iain a secoué la tête. « Je vois deux problèmes à cela. Premièrement, tu as vu les fortifications que les Allemands ont dans des endroits comme Thiepval et le « Château des merveilles »...

— Notre artillerie s'en occupera, l'ai-je coupé.

— Peut-être, a repris Iain avec patience, mais les Allemands ne sont rien moins que méthodiques. J'imagine qu'ils ont creusé de profondes tranchées-abris, où ils seront en sécurité. Ça m'étonnerait qu'ils considèrent leurs tranchées comme simplement temporaires. »

J'ai ouvert la bouche pour protester, mais Iain s'est dépêché de continuer : « Je ne dis pas que c'est impossible. Si on nous entraîne au-delà des fortifications pendant que l'artillerie force les Allemands à rester dans leurs abris, nous pourrons nous retrouver en terrain libre, laissant derrière nous les endroits comme le « Château des merveilles » pour revenir les nettoyer plus tard.

— Si c'est comme ça qu'il faut procéder, alors je suppose que c'est ce que les généraux ont prévu. Tout va marcher comme sur des roulettes.

— Même si c'est ainsi que ça se passe, a expliqué Iain, il y a le second problème. Disons que nous passons en terrain ouvert de l'autre côté des lignes allemandes, nous ne pourrons qu'avancer aussi vite que nos jambes le permettront... et nous devrons nous arrêter souvent pour laisser le temps à l'artillerie de nous rattraper. Les Allemands auront tout le temps nécessaire pour organiser une autre ligne de front, à quelques milles plus en arrière, et tout sera à recommencer.

— La cavalerie ! me suis-je exclamé. Une fois les défenses enfoncées, elle s'élancera au travers de la brèche et causera de sacrés dégâts. C'est à ça qu'elle sert, non ?

— C'est à ça qu'elle *servait*, a fait Iain avec tristesse. Aujourd'hui, les Allemands n'ont même pas besoin d'un système de tranchées pour arrêter la cavalerie. Une demi-douzaine de mitrailleuses lourdes peut aisément réduire à néant un régiment des meilleurs cavaliers. Les jours de la cavalerie sont finis.

— Tu es trop négatif », ai-je dit d'une voix forte. J'étais en colère, mais je ne parvenais pas à trouver un argument pour réfuter ce que

Iain venait de dire. « Si tu penses que c'est impossible, pourquoi es-tu ici ?

— Je ne pense pas que ce soit impossible, a-t-il répondu calmement. Je pense simplement que ce sera très difficile. Cela demandera une organisation intelligente de la part de nos officiers et pourra prendre plus de temps que l'année qui vient. Maintenant, il est inutile de se disputer. Il y a assez de combats comme ça.

— D'accord, ai-je fait. Espérons seulement que j'ai raison et que tu as tort. »

Iain devient pessimiste. L'année prochaine *verra* la fin de cette guerre. J'espère.

Non. Cette année. Nous sommes maintenant en 1916. Joyeuse nouvelle année... l'année de la victoire et celle de notre pique-nique.

Vendredi 7 janvier 1916, dans la réserve

Retour au front demain. Cette routine devient familière. Le temps reste froid et il n'y a guère d'activité. Je pense que les soldats, de chaque côté, s'occupent de se tenir au chaud.

J'ai terminé le livre de Buchan et je l'ai beaucoup aimé. Je l'ai prêté à Iain, mais il attendra d'être rentré pour le lire car le risque de perdre ou d'abîmer nos affaires en première ligne est trop grand, et le livre trop précieux.

J'ai un petit volume de Keats que je vais prendre avec moi pour pouvoir enfin suivre les conseils de lecture du lieutenant Thorpe. Étrangement, j'ai trouvé ce livre abandonné dans un sous-sol où nous étions cantonnés la semaine dernière. Il est abîmé par l'humidité et il lui manque quelques pages, mais il est largement lisible, et je ne serai pas trop ennuyé si je le perds. Ce livre m'a déjà causé quelques ennuis. Hugh se trouvait avec moi lorsque je l'ai découvert. « Est-ce c'est un liv' d'images avec des mamoiselles françaises ? » a-t-il demandé.

Quand je lui ai dit que non, qu'il s'agissait de poésie, il a éclaté de rire et s'est montré désagréable, me demandant pourquoi je voulais lire « ces ritournelles de tapettes ». Grâce à Hugh, je suis en train d'acquérir une réputation de chochotte. Je ne m'en préoccupe pas trop – il y a des choses plus importantes à considérer ici. Souhaite-moi bonne chance.

LES DERNIÈRES TROUPES ALLIÉES ABANDONNENT GALLIPOLI

Après avoir subi des pertes s'élevant à 252 000 hommes dans une campagne de neuf mois, les dernières troupes britanniques ont été évacuées des champs de bataille du cap Helles.

Vendredi 14 janvier, Pierregot

De retour après une autre période au front. Nous commençons tous à nous sentir inutiles. Trois voyages en première ligne et, à part cette histoire de l'homme aux mains gelées (par sa propre faute), nous n'avons pas encore eu d'autre blessé dans la compagnie F. J'imagine que, quand le temps sera plus clément, nous serons plus actifs et que les risques augmenteront. Ordre a été donné de nous déplacer vers le nord, où nous recevrons un entraînement au tir et au bombardement. Ce sera au moins un changement, et l'occasion de voir une autre région de France – bien que j'aime assez celle-ci, aux alentours de la Somme. Un pays aussi vallonné doit être très joli en été.

Le site est dominé par la flèche de l'église d'Albert. Le village se trouve derrière le front, mais il a changé de mains au début de la guerre. Les bombardements n'ont pas été trop intenses, mais l'église, qui était utilisée comme poste d'observation, a été touchée. La flèche est couronnée par une énorme statue dorée de la Vierge Marie, qui penche dangereusement maintenant au-dessus de la rue en contrebas. Une croyance veut que la guerre sera terminée quand la Vierge tombera. Il est vrai qu'elle est en équilibre précaire. Je suppose que nos hommes du génie ont eu un sacré travail pour l'aider à défier la gravité, avec des cordes et des câbles. Tombera-t-elle dans l'année ?

J'ai lu les poèmes de Keats et, bien que sa langue soit un peu fleurie à mon goût, je dois admettre que j'en ai apprécié plusieurs – son imagination est vive. Comme le lieutenant Thorpe l'avait prévu, j'ai particulièrement aimé « La Veille de la Sainte-Agnès », peut-être était-ce parce que les images de froid et de givre sont pertinentes, vu que nous grelottons chaque matin en prenant notre position. J'ai aussi été saisi par les descriptions de Keats des statues, qu'il voit comme des « morts sculptés », bien que ce soit inexact. Les morts ressemblent davantage à des poupées de chiffon qu'à des statues.

Lors de notre première matinée au front, j'ai jeté un coup d'œil par le périscope aux quelques arbres encore debout entre les tranchées. Imagine le choc lorsque je me suis rendu compte qu'il y avait un soldat assis entre les branches nues. J'ai fait un saut en arrière, manquant de renverser Hugh.

« Hé ! a-t-il crié avec colère, r'garde où tu mets les pieds !

— Il y a un soldat dans l'arbre, ai-je dit. C'est une attaque. » Hugh m'a poussé de côté et a regardé à son tour dans le périscope. Il a éclaté de rire.

« Aïe ! a-t-il fait après s'être calmé un peu. C't'un soldat, ouais, mais il est pas près d'nous attaquer. »

J'ai regardé de nouveau. L'homme, ou ce qui restait de lui, était effectivement un soldat allemand, mais il était mort depuis plusieurs jours. Je suppose qu'un obus avait explosé près de lui au cours d'une patrouille de nuit et l'avait éjecté dans l'arbre. Il pendait mollement, tordu dans une position qui n'avait rien de naturel, comme s'il ne restait plus d'os dans son corps. Dieu merci, son casque lui masquait le visage.

« Vaut mieux être sûr, a dit Hugh en pointant son fusil par une fente entre les sacs de sable. Y a un espion dans c't arbre ! », a-t-il crié en lâchant une salve.

Bientôt, plusieurs hommes se sont mis à tirer sur le cadavre en poussant des hurlements de victoire à chaque secousse du corps indiquant que le coup avait porté. Les Allemands ont répliqué et, en un rien de temps, les balles se sont mises à voler au-dessus de nos têtes.

Cela a duré jusqu'à ce que le lieutenant Thorpe apparaisse pour y mettre fin. La fusillade s'est arrêtée, progressivement, des deux côtés.

C'était horrible, Anne. J'en ai fait des rêves affreux. Nous sommes devenus moins que des humains, exactement comme tu avais dit que nous le serions le jour où nous avions vu Hugh avec le rat, près du moulin. Je n'ai pas tiré, mais j'ai regardé toute la scène à travers le périscope. Mon pouls s'accélérait chaque fois qu'un tir touchait sa cible. Que sommes-nous en train de devenir ?

SIX MORTS DANS L'INCENDIE DU PARLEMENT CANADIEN

Six hommes ont trouvé la mort dans l'effondrement de la magnifique tour centrale pseudo-gothique du parlement canadien à Ottawa. La bibliothèque a été épargnée.

Jeudi 10 février, dans la réserve

Est-ce que ça fait vraiment un mois que je n'ai pas écrit ? Pris dans la répétition du quotidien, nous ne voyons pas le temps passer, même s'il se traîne interminablement, étant donné que rien n'indique la proximité de la bataille. Hier, toutefois, nous avons été à deux doigts d'assister à une véritable action, et cela m'a motivé à t'écrire.

Nous avons été en état d'alerte toute la journée d'hier. Apparemment, les Allemands avaient pris une section de nos tranchées en face de «la Redoute de Leipzig», et nous devions la reprendre. C'était stressant d'attendre, avec tout notre équipement militaire, prêts à faire ce pour quoi nous étions venus, mais effrayés quand même par le danger. Finalement, les gars de l'infanterie légère du King's Own Yorkshire ont repris la tranchée sans notre aide, ce qui leur a valu une soixantaine de blessés. Si ceux-ci avaient été des nôtres, qui d'entre nous en aurait fait les frais?

On nous a distribué des masques à gaz, de grands machins de flanelle bleue, très encombrants et étouffants, même si je suppose que ça ne nous dérangera pas si nous en avons besoin.

Notre quartier général est installé dans une ville nommée Bouzincourt, à environ cinq milles en arrière, hors d'atteinte des obus, sauf les plus gros. Ce qu'il y a de notable dans cette ville, c'est un professeur, un certain monsieur Hie, possédé par une haine quasi fanatique des Allemands. Avant la guerre, semble-t-il, il était connu pour avoir la plus belle calligraphie de toute la région.

Un après-midi, un obus perdu lui a arraché le bras – celui dont il se servait pour écrire. Depuis ce jour, il conserve un casque allemand, percé d'un trou de balle, sur son bureau.

À quel point je désirais que papa me rapporte un casque en souvenir! Je crois même que je le voulais avec un trou. Tout cela me paraît tellement macabre à présent. Les casques ne sont pas des jouets... ils sauvent des vies ici. Nous n'en avons pas, cependant – nous en sommes encore aux casquettes de drap –, bien qu'il soit question de nous fournir des casques métalliques avant la Grande Offensive du printemps.

DES MANIFESTANTS PROTESTENT À BERLIN CONTRE LES RATIONNEMENTS

Des manifestations de colère dans la capitale allemande contre les rationnements croissants et la pénurie de denrées alimentaires de base font la preuve de l'efficacité du blocus naval de l'Allemagne. La volonté allemande de combattre est sérieusement entamée.

Vendredi 11 février, dans la réserve

Nous allons sauter notre prochaine période au front à cause des bombardements. Je suis content de ne pas aller en première ligne, pas à cause du danger mais parce que les déplacements pour y aller et en revenir sont épouvantables. Tout doit être emporté dans les tranchées et en être ramené à dos d'homme, et nous ne sommes guère autre chose que des bêtes de somme.

Quand je pars dans les tranchées, je commence par enfiler tout ce que je possède comme vêtements. De bas en haut : bottes, chaussettes, caleçon, bandes molletières, pantalon, bretelles, maillot de corps, chemise, cardigan, gilet, veste et casquette. J'ai parfois du mal à bouger, mais la chaleur est primordiale. Sur cette silhouette ballonnée sont accrochés, suspendus et attachés des gibernes, des havresacs et des ceinturons contenant ou retenant son barda : trousse de secours, drap imperméable, couverture, masque à gaz, gamelle, fusil, baïonnette, outil de creusage, gourde, 150 cartouches, savon, brosse à dents, chaussettes de rechange, caleçon, chemise, serviette, capote, vivres de réserve, couteau, fourchette et cuillère.

De plus, il faudra bientôt ajouter le casque promis depuis si longtemps (et nous n'allons pas nous en plaindre), sans compter l'équipement supplémentaire comme le fil de fer, les caillebotis, les sacs de sable, de l'eau et la nourriture. Il nous est parfois difficile de nous tenir debout, et plus encore de marcher toute la nuit dans des tranchées étroites et sinueuses.

Ces corvées éreintantes et la monotonie de l'interminable routine quotidienne sont plus pénibles à supporter que n'importe quel danger, lequel semble minime à moins d'être imprudent ou malchanceux. Nous avons tous terriblement hâte d'être au printemps pour l'assaut à venir, afin de pouvoir accomplir ce pour quoi nous sommes venus. Pour le moment, nous devrons effectuer un nouveau déplacement. Nous partons demain pour Étaples, sur la côte de la Manche.

LES ALLEMANDS LANCENT UNE GRANDE OFFENSIVE CONTRE LES FRANÇAIS À VERDUN

Sept corps d'armée allemands, près de 300 000 hommes appuyés par une artillerie massive, ont lancé une attaque dévastatrice contre les fortifications françaises, aux environs de la ville clé de Verdun. Bien qu'ayant subi de lourdes pertes, les *poilus*[12] ont bravement résisté à ce premier assaut des Huns depuis la bataille d'Ypres l'année dernière.

Samedi 26 février, Mailly-Maillet

Quel plaisir que d'être de retour dans un environnement familier ! Je me suis presque mis à aimer cette paisible vallée de la Somme. Loin des tranchées, c'est à peine si on se rend compte qu'il y a la guerre. Bien sûr, il y a des

12 En français dans le texte. Nom donné aux soldats français pendant la Première Guerre mondiale. [Note du traducteur]

soldats, des chevaux, des mules et des convois partout, mais la campagne est calme et les paysans vaquent à leurs travaux comme si tout était normal.

Le front, cette ligne étroite, large d'à peine quelques centaines de mètres, qui s'étire de la Belgique à la Suisse, est un autre monde. C'est une énorme machine, une broyeuse dans laquelle les nations déversent des hommes venus de tous les coins de leurs empires, et de laquelle ces hommes reviennent transformés, quand toutefois ils en reviennent. Et pourtant, il suffit de marcher un mille ou deux pour se retrouver dans le vrai monde. Il n'est possible de penser ainsi qu'une fois hors des tranchées. Au front, nous avons l'impression d'être à notre place naturelle – beaucoup mieux qu'à Étaples, en tout cas.

Étaples est un lieu effrayant, et je mourrai heureux si je n'ai pas à le revoir. C'est un camp immense avec des milliers de soldats. Son centre est une vaste zone d'entraînement qu'on appelle «l'Arène». La plupart du temps, elle était couverte d'une fine couche de neige.

Chaque jour, nous nous levions à six heures moins le quart pour un maigre déjeuner de porridge. À sept heures, nous partions pour «l'Arène» où nous restions, quel que soit le temps, jusqu'à cinq heures et demie du soir. Il y avait l'entraînement habituel à la baïonnette et les marches sans but, mais l'accent était mis sur les manœuvres par section et le combat à mains nues. Nous sommes maintenant experts dans l'art d'infliger de sérieuses blessures à un autre être humain avec nos bottes, nos genoux et nos dents. Apparemment, notre casque nous offrira un autre moyen… celui-ci étant entouré d'un renflement qu'on peut écraser sur la figure de l'ennemi.

Je sais que des hommes se font tuer à la guerre, et que je serai sans doute appelé à en tuer quelques-uns, mais l'idée d'arracher l'oreille d'un homme avec mes dents ou d'écrabouiller complètement son nez avec ma tête est répugnante. J'espère que je n'en serai pas réduit à ça.

Nous avons établi notre camp dans un bois, qui donne sur la Somme, près de ce charmant petit village. Lundi, nous retournons au front devant Thiepval, mais demain sera une journée tranquille. Bien sûr, nous aurons un service religieux et d'autres petites tâches à accomplir, mais ce sera une sinécure au milieu de cette guerre.

Nous partageons ce village avec un bataillon de l'Ulster, du 9e Royal Irish Rifles. Ces hommes ne sont pas d'humeur, car l'un d'eux est passé en cour martiale pour désertion et il doit être fusillé. Les Irlandais trouvent ça injuste et ils parlent de prendre eux-mêmes l'affaire en main. On peut voir des groupes de soldats mécontents assemblés aux coins des rues du village. Leurs officiers devraient les rappeler à l'ordre, d'autant plus que les Irlandais sont des gens très versatiles.

J'espère que nous ne serons pas mêlés à cette affaire. Une exécution peut sembler sévère, mais la discipline doit être maintenue dans l'armée, et le peloton d'exécution est au moins une façon propre et rapide de mourir. Un seul homme qui ne fait pas son devoir peut mettre en danger tous ses camarades.

Le séjour à Étaples a souvent été déprimant et tu m'as énormément manqué, Anne. Bien sûr, tu me manques ici également – ça ne changera pas tant que je ne serai pas revenu à Paisley, à discuter de poésie avec toi et ton père autour de la table de la salle à manger. Mais, curieusement, mon moral s'est affermi au fur et à mesure que je me rapprochais du front. Il m'est difficile d'expliquer ce sentiment que j'ai de faire partie d'une grande aventure qui vaut la peine d'être vécue. Nous ne pouvons pas attendre de montrer au monde ce que les Nouvelles Armées sont capables de faire. Nous devrons encore patienter avant la Grande Offensive du printemps, mais nous ne pouvions rien faire de bon à Étaples, et c'est ce qui nous a mis le moral à plat.

Enfin, il était temps que je me livre au plaisir d'un lit au sec. Bonne nuit.

Dimanche 27 février, Mailly-Maillet

Quelle horreur m'a apporté mon « jour de repos »! Je suis à peine capable d'écrire, mais je le dois. Nous serons au front demain, et qui sait quand j'en aurai de nouveau l'occasion.

Je m'étais éveillé de bonne heure, comme à Étaples. Les oiseaux chantaient et le ciel s'illuminait à l'est. La journée s'annonçait agréable et j'ai décidé de la commencer par une promenade dans les bois avant le petit déjeuner. Je n'aurais pas dû...

Il faisait encore sombre sous les arbres et j'ai presque trébuché sur un petit groupe de soldats en pleine discussion. Ils ont cessé de parler à mon apparition, mais j'ai eu le temps d'entendre : « Les gars ne tireront pas sur le jeune James. »

L'un d'eux a fait un pas en avant et m'a demandé agressivement : « Qui es-tu ?

— Jim Hay, ai-je répondu, puis m'enhardissant : Et vous, qui êtes-vous ? »

Le soldat avait l'air brutal. Il était de ma taille, mais large et manifestement très fort. Il me dévisageait de dessous ses sourcils épais et noirs. J'ai remarqué que son nez avait été cassé et je me suis vaguement demandé qui avait fait ça.

« Qui je suis, ça ne te regarde pas, a-t-il lancé rageusement avec un fort accent populaire irlandais. C'est notre cantonnement et nos affaires ne te concernent pas. »

J'allais me retirer quand l'un des autres soldats s'est avancé. Il était plus grand que le premier, mais, même à la faible lumière de l'aube, son visage paraissait plus amical.

« Calme-toi, Allen, ce n'est qu'un gamin. Peut-être même plus jeune que notre James. De quelle compagnie viens-tu, mon gars ?

— Compagnie F, 16e d'infanterie légère des Highlands.

— Un gars de Kitchener, a-t-il repris. Ils sont arrivés hier au village. Ils partent au front demain. Sais-tu ce qui se passe ici, Jim Hay ?

— Non, ai-je répondu.

— Un de nos amis doit être fusillé ce matin.

— Pour rien ! » a craché le plus petit.

Me sentant mis en confiance par la présence du plus grand soldat, j'ai demandé : « S'agit-il du soldat qui a déserté ?

— Déserté ? » Allen a fourré son visage si près du mien que je pouvais sentir son haleine fétide.

« James Crozier avait tout juste dix-huit ans, a-t-il rugi. Il s'est enrôlé avant l'âge dès le premier mois de cette maudite guerre. Il a servi tout cet hiver dans les tranchées. C'est cette guerre qui va le tuer.

— Nous étions au redan, près du village de Serre, a expliqué plus calmement son compagnon. James était en faction avec son meilleur ami. Un obus les a atteints tous les deux. Je suis arrivé sur place le premier. James était affaissé contre la paroi de la tranchée, les yeux vitreux, couvert de sang. J'ai pensé qu'il était salement blessé, mais il n'avait pas une égratignure... tout venait de son camarade. J'ai sommairement nettoyé James, et j'ai farfouillé dans la boue, mais il ne restait pas grand-chose de son ami. L'obus avait mis dans le mille...

— Un gars plus grand que moi, a interrompu Allen, et il ne restait pas de lui de quoi remplir un havresac. Pas étonnant que James ait un peu perdu les pédales.

— Il était sous le choc, tu comprends, a expliqué l'autre soldat. J'ai pensé qu'il s'en remettrait, alors je me suis occupé à nettoyer un peu tout ça. Mais quand j'ai relevé les yeux, il n'était plus là. Il essayait de... rentrer chez lui. L'idée un peu folle d'aller dire aux parents de son ami ce qui s'était passé. Il a été pris deux jours plus tard et envoyé à l'hôpital, toujours hébété et se plaignant de douleurs dans tout le corps.

— Un coup d'obus comme j'en ai jamais vu, a dit Allen, qui ne parvenait pas à se calmer. Et qu'a dit ce stupide docteur? Pas de problème! Ce type devrait être sous les bombes avec le cerveau de son ami répandu sur lui au lieu de rester assis en sécurité dans un quelconque hôpital à dire que des gars à moitié fous vont bien.

— En tout cas, a poursuivi le grand soldat, ils ont passé James en cour martiale. Et il sera fusillé ce matin pour désertion.

— Le peloton ne le fera pas, a dit Allen. Ils refuseront de tirer sur un de leurs camarades.

— Peut-être, a repris son compagnon d'un ton incertain. Mais ils prendront des gars d'ailleurs. Au moins, de cette façon, ce ne seront pas ses amis. Je pense...»

Il a été interrompu par une voix forte et agressive:

«Hé, vous, là-bas! Qu'est-ce que vous fabriquez là? En avant pour la revue à la villa.»

La silhouette sombre d'un officier a surgi entre les arbres. Avec des grognements à peine réprimés, les hommes se sont mis à grimper la colline jusqu'à la lisière du bois.

Dans la faible lumière, l'officier ne pouvait pas remarquer que j'appartenais à une autre unité si je restais groupé avec les autres. Mais si je m'en écartais, j'aurais des ennuis. Je n'avais pas à errer dans les bois et, avec toute cette affaire, l'officier ne me laisserait pas partir aussi facilement. Lentement, j'ai donc commencé à me déplacer avec les autres.

Le grand soldat a semblé comprendre mon dilemme et il a murmuré : « Viens, tu seras un témoin extérieur de ce qui va se passer aujourd'hui. »

Nous avons marché en formation relâchée jusqu'à une vingtaine de mètres du mur du jardin, à l'arrière d'une petite villa. Comme nous contournions le mur, j'ai vu le reste du bataillon irlandais, 750 hommes à peu près, formant un vague carré ouvert. Près du mur était planté un poteau de bois. Face au poteau, douze hommes sur deux rangs, nerveux.

Il y avait une petite cabane à l'extrémité la plus éloignée du mur, celle du jardinier, probablement. Un murmure s'est élevé parmi les soldats quand un aumônier lisant une Bible est sorti par la porte basse, suivi par un officier et trois soldats. Le soldat du milieu était soutenu par les deux autres. Je suppose qu'il s'agissait de James Crozier.

Crozier a regardé autour de lui, vacillant, l'air totalement inconscient de sa situation.

« Il est soûl ! ai-je soufflé sous le choc.

— Oui, a murmuré mon compagnon. Et plus il est soûl, mieux ça vaudra. On lui a refilé du rhum toute la nuit. La plupart des gars du peloton d'exécution sont dans le même état. »

La tension parmi les soldats spectateurs était à son comble. Même lorsque ses mains ont été liées derrière le poteau, Crozier semblait inconscient. Il bredouillait quelques mots incompréhensibles et promenait autour de lui un regard vide. Le soleil émergeait à l'horizon et éclairait son visage. Il avait les cheveux roux et son nez et ses joues étaient couverts de taches de rousseur. Les boutons supérieurs de son uniforme étaient défaits.

Crozier est resté indifférent lorsque l'officier lui a épinglé une enveloppe brune à l'emplacement du cœur.

« La cible », a dit mon compagnon.

Le silence est tombé sur la foule tandis que l'officier revenait vers le peloton.

« Prêts ! » a-t-il dit d'une voix forte. Le peloton s'est mis au garde-à-vous en traînant les pieds, les fusils en travers de la poitrine.

Au cri rauque de l'officier, Crozier a relevé la tête d'un seul coup, faisant un effort pour se concentrer sur les hommes en rang devant lui.

« En joue ! » Les hommes ont épaulé leur arme. On aurait entendu une mouche voler.

Les yeux de Crozier se sont dilatés de terreur. Il venait de comprendre ce qui lui arrivait.

« Non ! » a-t-il hurlé, essayant de se dégager de ses liens. L'officier a paru hésiter.

« Je ne veux pas mourir ! » a crié Crozier, les larmes coulant sur ses joues. Une tache sombre est apparue sur son pantalon, s'élargissant. « Je veux rentrer à la maison. »

Je me sentais mal, mais je ne pouvais pas détourner les yeux.

« Feu ! »

Une salve désordonnée a suivi, à laquelle se mêlaient les impacts des balles ricochant sur le mur. La foule en avait le souffle coupé.

Crozier avait été touché mais il était toujours vivant. Il s'était effondré vers l'avant et, ses liens ayant glissé du poteau, il se retrouvait à genoux. Un filet de sang coulait sur sa joue gauche, et il sanglotait doucement.

L'officier s'est avancé vers lui, a dégainé son pistolet et l'a pointé sur sa tête dodelinante.

La détonation de ce simple coup de feu a retenti plus fort que la salve entière. Le peloton avait laissé tomber ses armes. Un des hommes gisait à terre, pris de nausée.

À l'aveuglette, je me suis frayé un chemin vers les arbres à travers la cohue, mais Allen m'a bloqué le passage.

« C'est ça la justice de l'armée, a-t-il dit avec hargne. Un garçon des chantiers navals s'engage pour se battre pour son pays, et voilà comment ils le traitent. Pas mieux que les Allemands. »

Je me suis dégagé et enfui sous les arbres.

Le faible soleil était haut dans le ciel quand j'ai rejoint notre cantonnement en titubant. Les hommes s'agglutinaient autour de la cantine roulante pour le petit déjeuner. J'étais à moitié aveuglé par les larmes et, sans trop savoir où je m'en allais, j'ai continué mon chemin en jouant des coudes. J'ai entendu Iain m'appeler, mais je l'ai ignoré. Finalement, je me suis effondré contre un arbre, pleurant sans pouvoir me retenir.

Jamais, aussi longtemps que je vivrai, je n'oublierai le claquement de ce coup de pistolet, ni le regard de James Crozier lorsqu'il a compris qu'il allait mourir. Quoi qu'il ait fait, il ne méritait pas ça.

Tandis que je me calmais, deux choses me sont venues à l'esprit. L'armée dont je faisais partie – l'armée qui se battait pour une cause juste – était capable de ses propres horreurs. Et James Crozier était manifestement malade. Son regard brouillé me rappelait celui de ma mère et celui du soldat blessé que j'avais vu à Folkestone. Si j'avais pu le reconnaître, pourquoi le médecin militaire n'en avait-il pas été capable ? Et s'il l'avait remarqué, comment avait-il pu prétendre que Crozier était en bonne santé ? Peut-être l'armée avait-elle décidé de faire un exemple pour maintenir la discipline chez ses camarades. Dans ce cas, ça n'avait pas marché. Ces soldats irlandais étaient bien près de la mutinerie.

J'avais retrouvé mon calme pour la procession. Iain m'a jeté un regard étrange lorsque je suis arrivé pour le sermon de l'aumônier. Cet après-midi, je lui ai raconté ce qui s'était passé. Je ne suis pas certain qu'il m'ait cru complètement. Il a dit que la situation était sans doute plus complexe que ce que j'avais pu en saisir. Peut-être. Hier encore, je croyais que les déserteurs devaient être fusillés. Aujourd'hui...

Nous partons demain pour le front – je dois essayer de dormir. J'espère que mes rêves ne seront pas trop mauvais. Bonne nuit, Anne. Combien j'aimerais être avec toi !

LES ALLEMANDS PORTENT LA GUERRE SUR LES NAVIRES MARCHANDS

Même les navires neutres en haute mer ne sont plus à l'abri des tentacules envahissants de la barbarie hun. Sous la fallacieuse excuse d'être forcés à l'action par le blocus allié, les Allemands ont lancé une ignoble guerre sous-marine contre les navires marchands exerçant leurs activités légales. Venant s'ajouter au désastre du *Lusitania*[13] survenu l'an passé, cette décision ne peut qu'amener le président Wilson et les États-Unis à s'engager dans la croisade.

Vendredi 24 mars, Pierregot

Un autre mois sans écrire. Après la mort du malheureux Crozier, mon moral était au plus bas. Pendant plusieurs jours, je n'ai fait qu'exécuter machinalement mes tâches. Iain a dit que j'étais comme hypnotisé. Heureusement, notre besogne peut s'accomplir sans l'aide du cerveau. Mon cerveau, il pensait à la maison. Normalement, je ne ressens pas trop de nostalgie, si ce n'est que tu me manques, bien sûr, mais mon esprit se satisfait d'images de la

13 Paquebot britannique torpillé le 7 mai 1915 au large de l'Irlande par un sous-marin allemand. Il y a eu 1200 victimes, dont 120 Américains. [Note du traducteur]

maison, toi, maman, les pique-niques au soleil et, curieusement, la tante Sadie. Je pense qu'elle me tient lieu de famille maintenant que je n'en ai plus. Je lui écris presque autant qu'à toi.

J'ai aussi été tourmenté par de mauvais rêves. Au début, il y était question de Crozier, mais l'un d'eux, qui revient souvent, nous montre en train de pique-niquer. C'est une belle journée ensoleillée et nous sommes assis au bord d'une rivière. Je devrais être heureux, mais je suis accablé par un mauvais pressentiment. Tu es en train de bavarder allègrement, tournant le dos à la rivière. Tout à coup, la calme surface de l'eau se ride et un énorme chien noir en jaillit – une bête terrifiante, avec des yeux rouges flamboyants et une gueule écumante de bave. Il s'arrache à la rivière et fonce droit sur nous. Je crie pour te mettre en garde, mais tu continues de parler et de sourire, complètement inconsciente. C'est à moi que la bête en veut. J'essaie de me lever et de fuir, mais c'est comme si j'étais pris dans des sables mouvants. Je réussis à dégager mes genoux avant que la hideuse créature soit sur moi. Je peux entendre la respiration rauque de l'animal, éprouver le poids de ses pattes sur ma poitrine et sentir son haleine fétide dans mon visage. Il va m'arracher la gorge. La dernière chose que je vois, c'est toi, tranquillement assise, bavardant et grignotant un léger sandwich.

Qu'est-ce que cela signifie ? Je n'en ai pas la moindre idée, mais je me réveille chaque fois trempé de sueur, incapable de me rendormir. Heureusement, la fréquence de ces rêves diminue. Mes horreurs nocturnes ne me visitent plus guère qu'une fois par semaine.

Nous avons fait l'aller et retour dans les tranchées aussi souvent que les autres, mais ceux-ci ont subi des pertes humaines tandis que, de notre côté, le seul blessé a été l'homme aux doigts gelés à la fin de l'année dernière. On pourrait dire que nous menons une vie charmante ! Espérons que c'est le cas.

Un groupe de cinq nouveaux est arrivé aujourd'hui. Ils doivent remplacer les soldats qui ont été détachés de notre compagnie pour des missions spéciales. Iain et moi étions en train de remplir des sacs de sable quand ils ont débarqué, après le dîner. Et là, surprise : à moins de dix pas, en chair et en os, se tenait Albert Tomkins.

« Eh, Albert ! » ai-je crié.

En entendant son nom, Albert a tourné la tête tellement vite que j'ai cru qu'il allait se dévisser le cou. Il avait l'air vraiment terrorisé et il s'est précipité vers nous.

« Taisez-vous ! Taisez-vous ! a-t-il sifflé d'un ton impérieux. Je ne suis pas Albert.

— Si, tu es Albert, ai-je dit. Et voici Iain. Et Hugh se trouve de l'autre côté de la grange.

Nous étions tous à l'école ensemble avant la guerre. Tu te souviens?

— Évidemment que je me souviens, a-t-il répliqué, très agité. Mais je suis Tommy à présent. Tommy Atkins. Je me suis enrôlé sous un faux nom, comme ça ma mère ne me retrouvera pas et elle ne pourra pas me ramener à la maison comme l'autre fois. Vous n'allez rien dire, n'est-ce pas?

— Non. Ton secret sera bien gardé avec nous. Va chercher un coin pour dormir et dis bonsoir à Hugh.»

Albert a grommelé quelque chose et a disparu. Je ne l'avais jamais vu aussi gros mais, sans toutes ces marches forcées et l'entraînement qui nous avaient remodelé la silhouette, il avait quand même l'air maigre.

«Incroyable, non? ai-je fait.

— Je crois qu'il a davantage peur de sa mère que des Allemands», a répondu Iain.

En riant, nous avons repris le remplissage des sacs. C'était bon de revoir Albert, mais combien il semblait étranger à ce monde! Il nous rappelait une époque révolue. Nous ne sommes plus les garçons dont il se souvient.

Samedi 25 mars, Pierregot

Un autre jour de «repos», passé à charger des obus sur les wagonnets destinés au dépôt de munitions à l'extérieur de la ville. Ce soir nous sommes allés en ville, à l'*estaminet*, avec Hugh, Albert/Tommy et quelques autres. Il est remarquable de constater à quel point les civils se sont adaptés à l'état de guerre. L'*estaminet* se trouve dans la salle de séjour d'une maison et est géré par Madame. Il s'agit d'une femme peu bavarde, mais à la suite de nombreuses visites, nous avons pu établir qu'elle avait deux fils. L'un est mort dès les premiers jours de la guerre, dans une de ces batailles frontalières dont je me réjouissais alors. Le second était dans l'armée de l'air et il s'est écrasé l'automne dernier. Son mari se bat à Verdun.

Drapées de noir, des photos commémoratives des deux garçons, de grands campagnards bien bâtis, reposent sur le manteau de la cheminée. Aucun signe du mari. Peut-être faut-il mourir pour être exposé.

Des tables récupérées des maisons bombardées s'entassent dans la pièce, laissant à peine assez d'espace entre elles pour que Madame puisse circuler. Ce qu'elle fait, transportant une grosse et lourde cruche de *vin blanc* – «*vinky blinky*», comme l'appellent les soldats. Elle déverse le liquide jaunâtre dans l'étrange assortiment de verres levés vers elle, repart dans la cuisine où elle remplit sa cruche à une source mystérieuse et inépuisable, puis se carre dans un fauteuil à bascule près de la porte, en attente de la prochaine commande. Le vin est bon marché et à peine buvable, rude et amer. Je n'arrive pas à m'y faire, mais Hugh et quelques autres y ont pris goût, et leur état à la fin de la soirée confirme sa teneur en alcool.

Le sentiment d'irréalité que j'ai éprouvé en voyant Albert surgir de ce passé qui paraît si éloigné s'est renforcé ce soir. Il parlait du pays natal, devenu si lointain maintenant. Pour nous, ce qui est important, c'est de faire la différence entre le sifflement d'un obus de 5,9 et celui d'un shrapnel. Il nous est difficile de nous intéresser à un politicien local qui se remplit les poches. (Est-ce que ça ne ressemble pas à ce que pourrait dire ton père, Anne ?)

Albert est aussi plein d'enthousiasme à propos de la guerre. Nous sommes impatients comme jamais d'en être au printemps et à la Grande Offensive, mais notre ardeur simpliste est maintenant tempérée par une réalité dont Albert doit encore faire l'expérience. Nous savons qu'il y a un travail à accomplir et nous allons le faire, mais nous sommes loin de pousser des cris et d'agiter des drapeaux comme l'an passé.

Écouter Albert me fait me rendre compte à quel point cette guerre nous transforme tous. Retrouverons-nous notre état initial quand elle sera terminée, ou bien est-ce la naissance d'un nouveau genre d'hommes?

Assez philosophé. Ce bavardage doit être dû à l'effet du «*vinky blinky*».

ÉCHEC DE L'OFFENSIVE RUSSE

Après plusieurs jours de rudes combats aux alentours du lac Naroch, l'offensive russe, lancée pour réduire la pression sur les Français défendant Verdun, s'est soldée par un échec. Les rapports estiment les pertes russes à plus de 100 000 hommes.

Dimanche 26 mars, Pierregot

Grand match de football contre le 17e. Iain a marqué deux buts, mais nous avons perdu par quatre buts à trois – un combat titanesque.

Nous devons repartir au front ce soir, avant la date prévue et dans un autre endroit que Thiepval. Apparemment, les Français subissent une telle pression à Verdun qu'ils doivent prendre des troupes où ils peuvent. Nous devons occuper les sections du front qu'ils délaissent.

LA FRANCE REÇOIT DES PIERRES DE CORNOUAILLES

Des milliers de tonnes de pierre provenant des carrières de Cornouailles vont être expédiées en France pour fournir du ballast destiné à la construction de centaines de milles de voie ferrée pour acheminer des matériaux jusqu'au front. Les carrières locales ont été épuisées.

Vendredi 31 mars, dans la réserve

Pourquoi l'horreur ne nous laisse-t-elle pas de répit ?

De bonne heure lundi matin, nous avons pris la relève d'une section des tranchées françaises, au sud de Thiepval. L'état des tranchées était lamentable. Des pans du mur s'effondraient et, en certains endroits, il fallait se baisser pour ne pas devenir la cible de tireurs. Le système de drainage et les abris étaient pratiquement inexistants, et de rudimentaires trous sanitaires suintaient au fond des tranchées, répandant sur tout une odeur ignoble. Il y avait aussi une autre odeur, douceâtre et vaguement familière. Sa source en est devenue horriblement évidente la deuxième nuit.

J'étais en train de creuser dans la tranchée pour la consolider quand ma pelle s'est brusquement enfoncée profondément dans la terre.

Je l'ai vivement ressortie, provoquant une petite avalanche de détritus et mettant au jour un trou, duquel a exhalé la plus répugnante des odeurs ainsi que les restes en décomposition d'une jambe et d'un pied humains. Je me suis écroulé, incapable de me retenir de vomir sur le sol croupi de la tranchée.

Hugh travaillait à côté de moi. « S'qui s'passe ? » a-t-il demandé.

Tout ce que j'ai pu faire, c'était lui montrer du doigt la puante abomination dans la boue.

« Oh, super ! a-t-il fait avec un sourire. Ça f'ra un crochet super pour suspend' mon kilt. »

Comment peut-il avoir de pareilles pensées ? Ce n'était pas un rat. Il s'agissait d'un être humain.

J'étais incapable de maîtriser mes tremblements, incapable de détourner mes yeux de ce pied.

« En tout cas, a dit Hugh en s'approchant, j'suppose que c'te tapette d'officier voudra pas d'cette pagaille dans sa jolie p'tite tranchée. » Là-dessus, Hugh a fracassé la jambe à grands coups de pelle, l'a repoussée dans le trou et a rebouché le tout avec de la terre. Ensuite, aussi calme que si rien ne s'était passé, il a repris son travail.

Progressivement, j'ai arrêté de trembler, puis, me tenant loin de ce point corrompu de la paroi, j'ai terminé mon quart de travail. Mais j'ai été affligé de rêves terrifiants. Malheureusement, l'odeur douceâtre est omniprésente – pas aussi forte que lorsque je l'ai libérée de ce trou, mais assez pour que l'horreur submerge ma cervelle fatiguée, et j'ai maintenant la plus grande difficulté à creuser la terre.

Oh, Anne ! Combien j'aimerais me trouver dans un endroit propre, où l'air est frais et où l'horreur n'existe que dans les livres.

Je dois essayer de dormir à présent, bien que j'aie peur de ce que le sommeil va m'apporter.

Lundi 3 avril, dans la réserve

Les cauchemars ont repris. Je crains les nuits.

Quoi qu'il en soit, mon humeur de la journée a monté d'un cran aujourd'hui grâce à ton colis. Je viens juste de t'écrire pour te remercier, Anne, pour la confiture, les chaussettes, les biscuits et ce merveilleux gâteau aux fruits. Tes gâteaux sont légendaires dans la compagnie… j'ai toujours autant d'amis que je pourrais en souhaiter lorsque je reçois un de tes paquets.

Iain en a reçu un de tante Sadie. Il n'était pas aussi imposant que le mien, mais tante Sadie a dû passer beaucoup de temps et mettre beaucoup d'amour dans la préparation de ces friandises maison. Il y avait aussi une lettre –

une des plus belles que j'aie jamais lues. Je l'ai copiée ci-dessous. Elle a l'esprit vif et, bien qu'elle n'ait aucune expérience des tranchées, elle consulte les listes de victimes et, lisant entre les lignes tant des rapports officiels que des lettres censurées de Iain, elle reconstitue de notre vie une image qui, je pense, est plus proche de la réalité que celle du commun des gens. Nous retournons demain à Thiepval pour reprendre notre routine habituelle après notre amer séjour dans les lignes françaises.

31 mars 1916
Churchmarston
Mon cher neveu,

J'espère sincèrement que la présente te trouvera aussi bien qu'elle m'a quittée.

Les friandises ci-jointes, j'en suis certaine, illumineront ce qui doit être pour vous une existence fastidieuse, mes garçons. Fais bien attention de ne pas tout garder pour toi, partage-les avec cet ami si sympathique, Jim. Un cadeau plus pratique contenant des lainages est en route, car je suis sûre qu'il fait un froid hors saison là où vous êtes et que vous n'avez pas le loisir d'entrer quelque part pour vous réchauffer devant un bon feu.

Il est question d'une grande offensive au printemps. J'imagine que c'est vrai, et j'espère avec ferveur qu'elle saura enfin apporter un terme à cet horrible conflit. Cependant, ce qui me frappe, c'est que si moi j'entends parler de ça dans mon petit village d'Angleterre, il est plus que probable que les Allemands, qui recherchent sans doute efficacement ce genre d'information, sont également au courant. Il n'est pas douteux qu'ils soient bien préparés pour cet assaut. Ayant cela en tête, je vous conjure, toi et ton ami Jim, d'être aussi prudents que possible. Je sais que vous ferez votre devoir, mais je prie chaque nuit pour le retour en bonne santé de mon neveu préféré, ainsi que pour ton jeune ami et tous ces garçons qui m'ont acclamée si gentiment sur le quai de la gare l'année dernière.

Je dois maintenant clore cette lettre et m'occuper de mes crocus et de mes jonquilles. Ils sont en retard cette année à cause de la rigueur de l'hiver.

Avec mon amour et ma bénédiction,

Tante Sadie

Dimanche 9 avril, Pierregot

Encore une période tranquille dans nos tranchées habituelles. Mes rêves se sont atténués.

La soirée s'est passée à une activité routinière spécialement inventée pour cette guerre… le bavardage. Un petit groupe d'hommes s'assoit sur des caisses, autour du couvercle métallique d'un pot de tabac placé au-dessus d'une bougie allumée. Nous retirons nos chemises et, avec un soin minutieux, nous passons un peigne le long des coutures pour ramasser les poux qui ont élu domicile dans ces endroits douillets. Quand nous en trouvons un, et ce n'est pas difficile vu qu'il y en a des centaines sur chaque chemise, nous lâchons le petit monstre sur le couvercle brûlant, où il éclate à notre grande satisfaction. Je ne suis pas certain que ce soit vraiment efficace. Les démangeaisons ne diminuent pas le lendemain, mais c'est curieusement relaxant et ce sont de véritables relations sociales qui se tissent autour de la bougie. Aujourd'hui, cette activité a été doublement inutile : nous avons entendu dire que, demain, nous devons aller prendre un bain, suivi d'un épouillage. Ainsi est la logique de cette guerre.

Lundi 10 avril, Pierregot

Ce matin nous nous sommes tous rendus en ville, à la vieille brasserie, où nous nous sommes tenus dans le froid, cramponnés à nos serviettes et à nos savonnettes en attendant notre tour au bain.

Cette brasserie, il faut la voir pour le croire... même si, Anne, tu ne devrais jamais abaisser tes yeux féminins sur de tels spectacles. Environ deux douzaines de cuves en bois sont alignées le long du mur, à demi remplies d'une eau tiédasse. Après être entrés, nous nous déshabillons et on emporte nos vêtements pour les faire tremper dans une nauséabonde solution désinfectante qui devrait rebuter les poux pour plusieurs jours.

Frissonnants et pâles, les hommes nus courent vers les cuves dans lesquelles ils se brossent vigoureusement, autant pour rétablir la circulation sanguine que pour se nettoyer. Puis ils ressortent, se sèchent rapidement et renfilent leurs vêtements « propres »... qui ne sont jamais les mêmes que ceux remis à l'entrée. C'est un peu primitif, pour sûr, mais ce n'est rien face à la sensation d'être propre et de savoir que nous n'aurons plus de démangeaisons pour quelques jours.

Mercredi 12 avril, Pierregot

Retour à la réserve demain. C'est un cycle de quatre jours maintenant, au lieu de six comme l'hiver dernier.

MORT D'UN VÉTÉRAN

M. Richard Harding Davis, le vétéran correspondant de guerre qui, le premier, a rapporté les nouvelles des atrocités de Louvain à un monde sous le choc, est mort d'une crise cardiaque. M. Davis avait 52 ans.

Vendredi 14 avril, dans la réserve

Chargement d'obus, remplissage de sacs de sable. C'est répétitif et sans fin. Quand attaquerons-nous ?

Lundi 17 avril, dans la réserve

Au front demain. Espérons que notre chance se maintienne.

Samedi 22 avril, Pierregot

Pas une égratignure. En fait, cela a été le plus tranquille de nos tours de garde. Les Saxons, en face, semblent être allés se coucher. Peut-être sont-ils rentrés chez eux, ne laissant qu'un caporal-chef solitaire, chargé d'envoyer un obus de mortier de temps en temps ou de tirer un coup de fusil avant le petit déjeuner. Si seulement c'était vrai… Grand match de football demain. Nous espérons prendre notre revanche sur le 17e.

BOMBARDEMENT DE VILLES CÔTIÈRES

Yarmouth et Lowestoft ont été bombardées hier par des croiseurs allemands. Heureusement, les pertes rapportées sont légères.

Dimanche 23 avril, Pierregot

Nous avons eu notre revanche ! Une raclée, sept buts à deux. Iain a marqué trois buts d'affilée. J'avais peu à faire en défense, sinon encourager nos attaquants, et nous avons encaissé deux buts parce que notre concentration s'est relâchée dans le dernier quart d'heure.

Notre victoire a été amoindrie par le fait qu'il manquait à nos adversaires leurs deux joueurs vedettes, un milieu de terrain débordant d'énergie et un petit ailier droit aux jambes arquées, blond, et qui, avant la guerre, a été découvert par le Celtic. Il peut dribbler n'importe qui, comme si le ballon était attaché à son pied droit. Tous les deux ont été blessés lors de leur dernière montée au front. Le milieu de terrain n'est que légèrement atteint, mais l'ailier a perdu une jambe.

RÉVOLTE À DUBLIN

Dans un soulèvement apparemment concerté, des rebelles irlandais ont pris d'assaut plusieurs bâtiments gouvernementaux, parmi lesquels la poste, au cœur de Dublin, et ont tiré sur des troupes britanniques. Il s'agit d'un acte de trahison d'une extrême gravité en cette période où l'Empire se bat pour sa propre survie.

Lundi 24 avril, Pierregot

Je ne peux pas m'empêcher de penser aux soldats irlandais que j'ai rencontrés quand Crozier a été fusillé. La rébellion en un moment comme celui-ci, même pour une cause aussi justifiée que l'autonomie, est impardonnable. Les jeunes Irlandais meurent dans ces tranchées tout autant que les Anglais ou les Écossais. C'est un coup de poignard dans le dos.

L'ARTILLERIE RÉDUIT LE DERNIER BASTION DE LA RÉSISTANCE IRLANDAISE

Les derniers rebelles irlandais, barricadés à la poste de la rue O'Connell, se sont rendus ce matin après un intensif pilonnage par des unités d'artillerie de campagne destinées au front de l'ouest. La rébellion est matée, mais une grande partie de Dublin est en ruines et la haine couve toujours.

Mercredi 10 mai, dans la réserve

Notre chance au front, devant le « Château des merveilles », est terminée.

Lors de notre dernière montée au front, nous avons fait face à un nouveau régiment très actif, très différent de celui du genre vivre et laisser vivre des Saxons. Ils nous mitraillaient sans discontinuer, tant avec leurs fusils qu'avec des mitrailleuses ou des mortiers de tranchées. Le tout ne constituait guère plus qu'une plaie supplémentaire, mais hier un obus a atterri dans notre tranchée, près de l'endroit où je me trouvais. J'ai entendu des cris et j'ai couru pour apporter mon aide.

Deux hommes étaient légèrement blessés, mais l'un d'eux, Tom McDonald, saignait abondamment à la jambe. J'ai noué un garrot autour de sa cuisse et je l'ai fortement serré, malgré ses protestations, car le garrot lui causait une douleur considérable. Mais il a au moins ralenti le saignement.

Le lieutenant Thorpe a joint le major par radio pour discuter avec lui. Quand il est revenu, il avait l'air grave.

« Comment te sens-tu ? a-t-il demandé à Tom.

— Le garrot me fait atrocement mal, monsieur.

— Je crains que le major ne pense qu'une artère ne soit gravement endommagée. » Le visage livide de Tom était déformé par la douleur, mais il n'a pas quitté des yeux le lieutenant, qui a repris : « Dans ce cas, une chirurgie est nécessaire.

— Et le docteur n'arrivera pas avant que je sois saigné à mort », a terminé Tom.

Thorpe a doucement hoché la tête.

« Bon, alors, a repris Tom en se tournant vers moi, peut-être serais-tu assez bon pour aller me chercher une cigarette et desserrer cette maudite corde autour de ma jambe ? »

Si je relâchais le garrot, Tom mourrait en quelques minutes. Le lieutenant Thorpe a hoché la tête de nouveau. Puis il a sorti son étui à cigarettes argenté, a placé une cigarette entre les lèvres de Tom et l'a allumée. En douceur, il a retiré ma main du garrot et en a desserré le nœud. Le sang s'est répandu par la déchirure irrégulière dans la jambe de son pantalon.

« C'est beaucoup mieux », a soupiré Tom.

Nous sommes restés assis en silence pendant ce qui m'a semblé une éternité. Le sang a formé une flaque incroyablement grande au fond de la tranchée. Finalement, Tom a tressailli une seule fois et il a fermé les yeux.

Il n'y a pas si longtemps de ça, mon principal souci était se savoir s'il y aurait assez de vent pour faire voler mon cerf-volant. Maintenant, j'ai vu des hommes mourir.

Le lieutenant Thorpe a dit que la mort de Tom avait au moins été paisible. C'est vrai, mais je doute que je puisse oublier son visage triste et blême au moment où il nous a quittés. Il avait vingt-deux ans.

Cette nuit-là, le lieutenant Thorpe a reçu l'ordre de sortir avec une patrouille dans le *no man's land* pour vérifier les positions allemandes et, si possible, ramener un prisonnier pour l'interroger. Iain et moi, Hugh et Albert, ainsi que quatre autres hommes, avons noirci nos visages et avons suivi M. Thorpe au-delà du parapet et des barbelés à deux heures et quart. Nous nous sommes débarrassés de nos sacs, avons attaché nos fusils dans notre dos et avons pris nos baïonnettes et un assortiment de bâtons. Le bâton de Hugh était une horrible chose couverte de clous recourbés.

La nuit était couverte, et l'épaisse noirceur était rassurante tandis que nous nous glissions à travers les chaumes et autour des trous d'obus disséminés çà et là. Nous avancions très lentement, car nous étions plus susceptibles d'être entendus que vus, et nous devions nous plaquer au sol en silence quand un obus éclairant illuminait le paysage. Ça nous a pris quarante-cinq minutes pour parcourir les quelques 250 mètres qui nous séparaient des barbelés allemands, plus une bonne demi-heure pour nous frayer un passage à travers. Notre objectif était une tranchée d'approche, qui devait abriter deux ou trois soldats. Nous pouvions entendre les hommes parler au fur et à mesure que nous nous rapprochions en rampant, et j'apercevais le remblai de sacs de sable juste devant moi. Je me sentais plus vivant que jamais. Ma seule angoisse était que l'ennemi soit averti de notre présence par les assourdissants battements de mon cœur…

Sur un sifflement sourd de M. Thorpe, nous nous sommes lancés en avant. Nous avons pris les Allemands complètement par surprise et les avons désarmés avant même qu'ils ne se rendent compte de ce qu'il leur arrivait. Un gros homme a bien essayé de se défendre, mais un coup du bâton de Iain et la vue du pistolet de M. Thorpe l'a vite calmé. C'était bizarre de voir l'ennemi d'aussi près. Ils nous ressemblaient – l'un d'eux semblait même avoir mon âge. Ils étaient effrayés, mais c'est Albert qui gigotait nerveusement.

« Lequel qu'on ramène ? a chuchoté Hugh.

— Les trois, a répondu le lieutenant Thorpe. Nous ne pouvons pas en laisser deux pour donner l'alarme.

— Ouais, on peut, m'sieur, a repris Hugh en caressant son bâton.

— Nous ne tuerons pas de prisonniers », a fermement répliqué le lieutenant.

Nous avons fouillé la sape et ramassé des documents, des armes et tout ce qui pouvait avoir de l'intérêt. Ensuite, M. Thorpe a murmuré des ordres en allemand aux prisonniers, nous avons quitté la sape et avons rebroussé chemin parmi les barbelés.

Tout s'est bien passé jusqu'à la moitié du parcours. C'est alors qu'un obus éclairant allemand a illuminé la scène. Nous nous sommes tous jetés à plat ventre, sauf le gros Allemand, qui s'est retourné et a détalé vers ses lignes. Hugh a voulu lui courir après, mais M. Thorpe l'a maintenu au sol, juste comme un bruit d'enfer éclatait. Les mitrailleuses ont ouvert le feu des deux côtés, et le fugitif a titubé et s'est affalé avant d'avoir pu parcourir trente pas.

J'ai essayé de m'enfoncer dans le sol aussi profondément que possible. Je pouvais entendre Albert gémir à côté de moi. Nous étions relativement à l'abri, pour autant que nous restions plaqués sur le sol en attendant la fin de ce remue-ménage. Mais c'était la première sortie d'Albert au feu. Avec un hurlement de terreur, il a commencé à se lever.

Je suppose qu'il voulait tenter de rejoindre nos lignes, mais il était encore accroupi quand les balles l'ont atteint. La première salve lui a déchiré la poitrine et l'a soulevé de terre. La seconde a touché la tête et l'a fait tournoyer en l'air. Il est mort avant même que son corps désarticulé ne retombe sur mon dos, avec ce qui restait de sa tête tout contre mon oreille droite. Je sentais son sang chaud imprégner ma veste et couler le long de mon cou.

J'aurais dû être rempli d'horreur – et j'étais secoué, il faut le dire –, mais le sentiment qui prédominait en moi était le soulagement. Avec le corps d'Albert par-dessus le mien, j'étais moins susceptible de recevoir une balle. Je ne suis pas fier de ce sentiment, et j'ai ressenti du chagrin et des regrets pour Albert après coup, mais je me dois de dire honnêtement ce que j'ai éprouvé sur le moment. Est-ce que cette guerre a fait de moi un monstre?

J'ai détourné ma tête de celle d'Albert. À ma gauche se trouvait le jeune soldat allemand. Son visage était blanc de terreur. Ses bras étaient étendus sur le sol et ses doigts s'enfonçaient convulsivement dans la terre. Instinctivement, j'ai tendu le bras et je lui ai pris la main. Je lui ai souri et il m'a rendu mon sourire.

Derrière lui, je devinais plus que je ne voyais deux corps étendus sur le sol et tétanisés en une violente étreinte. À la lumière mourante des éclairs, j'ai vu un bâton clouté s'élever et s'abattre.

Nous sommes restés ainsi près d'une heure parmi les éclairs illuminant la nuit. Lorsque les tirs ont diminué, M. Thorpe a chuchoté des ordres. Traînant avec moi le corps d'Albert, et Iain escortant le prisonnier, nous avons rampé jusqu'à nos barbelés et nous nous sommes laissé tomber dans notre tranchée. Le jeune Allemand est passé à l'arrière pour être interrogé, après quoi il sera envoyé dans un camp de prisonniers de guerre. Il se retrouvera sain et sauf en Grande-Bretagne bien avant moi.

Quand M. Thorpe a demandé si quelqu'un avait vu le troisième Allemand, Hugh a eu un sourire mauvais.

« Moi j'l'ai vu, m'sieur, a-t-il dit. L'a essayé d's'échapper. »

Hugh a brandi son bâton, qui était taché de sang et portait ce qui semblait être une touffe de cheveux.

« À quel moment a-t-il tenté de s'échapper ?

— Juste après qu'le gros s'est l'vé pour courir. J'voulais pas qui donne l'alarme, alors j'l'ai assommé, m'sieur. »

Il y avait presque de l'insolence dans l'attitude de Hugh.

Thorpe l'a regardé durement. Puis il a dit : « J'ai peine à croire qu'il allait se lever et se mettre à courir après ce qui venait d'arriver à son camarade. De toute façon, donner l'alarme n'était plus nécessaire. »

Hugh a haussé les épaules. Il était évident que le lieutenant Thorpe ne le croyait pas et il s'en fichait. Avait-il pu tuer ce prisonnier de sang-froid aussi facilement qu'il avait tué le rat à Paisley ? Lui seul le savait.

« L'aube va se lever. Allez vous nettoyer », a ordonné M. Thorpe.

Le lendemain, nous avons quitté le front.

Mon moral est au plus bas. Il m'est difficile de rester enthousiaste après ce que j'ai vu. Pour couronner le tout, le plus fort de la bataille fait toujours rage à Verdun, et tout ce que nous avons à faire est de prendre notre tour dans une section calme du front et d'accomplir des tâches pénibles et stupides dans la réserve. Des morts comme celles de Tom McDonald et d'Albert semblent un vrai gâchis. Je sais que notre grande attaque s'en vient et que le temps doit s'améliorer pour que nous puissions la lancer, mais c'est dur d'attendre.

Jeudi 11 mai, dans la réserve

Albert s'appelait Tommy Atkins dans les registres de l'armée. Je suppose qu'il avait également donné une fausse adresse. Seuls Iain, Hugh et moi savons son véritable nom, mais aucun d'entre nous ne connaît son adresse. Hugh dit que c'est quelque part dans Moss Street, mais il ne se souvient pas du numéro.

La mère d'Albert doit pourtant être informée. Hugh s'en fiche – il dit que c'est de sa faute si Albert s'est stupidement relevé – et

Iain pense que nous devrions simplement tout dire au lieutenant Thorpe et laisser celui-ci arranger les choses. Mais ça ne me paraît pas correct que Mme Tomkins doive se contenter d'une lettre type impersonnelle, comme celle que nous avons reçue pour papa, et cela seulement une fois que la machine administrative de l'armée aura mis au jour la véritable identité d'Albert. Comment tante Sadie s'en sortirait-elle si elle apprenait de cette manière qu'un malheur est arrivé à Iain? J'ai donc écrit à Mme Tomkins, aux bons soins de notre école. Ils feront suivre, et elle pourra s'assurer que l'armée a correctement identifié la sépulture d'Albert.

C'est la lettre la plus difficile que j'aie jamais eu à rédiger, et j'ai détruit une bonne quantité de brouillons avant de l'achever. J'avais commencé par dire à sa mère comment son fils était vraiment mort, mais l'horreur de cette mort m'apparaissait inutilement cruelle pour une personne qui n'avait pas vécu ce que nous vivons ici.

Finalement, je m'en suis tenu à une version plus édulcorée de la réalité, mais probablement à la limite de ce que Mme Tomkins pouvait supporter. J'ai simplement dit qu'Albert avait été tué dans un raid, sans expliquer de quelle façon, et j'ai ajouté qu'il avait contribué à la capture de prisonniers. J'ai précisé qu'Albert était mort sur le coup, ce qui était vrai, et proprement, ce qui ne l'était pas, mais mon plus gros mensonge a peut-être été de suggérer que sa mort n'a pas été inutile. J'essaie de me justifier avec l'espoir que ce mensonge atténuera la peine de Mme Tomkins.

Je venais de terminer lorsque j'ai senti une présence derrière moi. Voyant le lieutenant Thorpe, j'ai bondi sur mes pieds.

« Eh bien, mon ami de la littérature, a-t-il dit, les lettres vous changent de votre journal. Qui en est l'heureux destinataire ? »

Pris par surprise, j'ai laissé échapper : « La mère d'Albert, monsieur. » M. Thorpe a eu l'air intrigué.

« Albert ? » a-t-il demandé.

J'ai bredouillé une histoire peu convaincante à propos d'un ami d'une unité voisine qui avait été tué. M. Thorpe est resté silencieux pendant un long moment.

« Albert, c'était Tommy, n'est-ce pas ? » a-t-il fini par déclarer.

J'ai hoché la tête. « Comment avez-vous deviné, monsieur ?

— Ce n'était qu'une intuition. Il y avait quelque chose qui clochait à propos de Tommy Atkins, et quand vous avez prononcé "Albert", je me suis rappelé avoir entendu McLean employer ce nom. Êtes-vous en train d'écrire à cette pauvre femme pour l'informer de sa mort?

— Oui monsieur, mais personne ne connaît son adresse, alors je vais envoyer la lettre à notre école pour qu'ils la fassent suivre.

— Je vois. Et comment comptez-vous échapper à la vigilance des censeurs?»

Je n'avais pas pensé à ça. Chaque lettre expédiée par un soldat depuis la France est lue et censurée pour éviter que toute information importante ne transpire à l'extérieur. La censure ne laisserait rien passer de ce que j'avais écrit, pas même les détails.

«Je n'y avais pas réfléchi, monsieur, ai-je dit faiblement.

— Bon, vous n'êtes qu'un humble deuxième classe et je suis un puissant lieutenant. Cela me donne certains privilèges. Demain, par exemple, je dois me rendre au quartier général de la division pour une conférence. Toute lettre postée là-bas échappe à la censure. Si vous voulez, je peux me charger de la vôtre. Je voudrais ajouter mes propres regrets pour la mort de Tommy... d'Albert. Je crois aussi que la pauvre femme devrait être informée avec compassion de cette tragédie, et l'armée n'est pas connue pour sa sensibilité. Bien sûr, cela implique que je lise votre lettre, mais je vous promets de ne rien y changer et de ne rien supprimer sans en parler au préalable avec vous.

— Merci, monsieur. Je suis sûr qu'Albert aurait apprécié. »

Je lui ai tendu la lettre, et il m'a laissé à mes pensées.

Il y a deux mondes à présent. Dans l'un, les gens comme la mère d'Albert sont protégés de la vérité. Dans l'autre, les gens comme Iain et moi la vivons dans toute son horreur. Se rejoindront-ils de nouveau ? Et sinon, serai-je jamais capable de revenir dans l'autre monde ? Je ne sais pas, mais si la possibilité existe, il faudrait d'abord que cessent mes cauchemars.

LES FORCES BRITANNIQUES SE RENDENT AUX TURCS

Le général de division Charles Townshend et ses 8000 hommes se sont rendus aux Turcs, à Kut. Après avoir résisté vaillamment pendant 196 jours, durant lesquels des troupes de relève se sont approchées jusqu'à une vingtaine de milles sur le Tigre, le manque de nourriture et d'eau potable ont forcé les Britanniques à cette triste conclusion.

Mardi 16 mai, Pierregot

Rencontré un vieil ami aujourd'hui. Quelques Canadiens sont cantonnés au bas de la route.

J'étais en train de remblayer un trou d'obus lorsque j'ai entendu un accent familier. C'était Arthur Hewitt, que j'avais vu pour la dernière fois dans les plaines de Salisbury. Nous n'avons pu bavarder qu'une dizaine de minutes, mais Arthur s'est arrangé pour rouspéter à la fois contre le fusil canadien Ross et la mitrailleuse Colt. Mais, au moins, leurs étranges et inutiles outils de creusage ont été mis au rancart.

Toutes les récriminations d'Arthur étaient exprimées avec une ironie bon enfant, et notre rencontre m'a mis de bonne humeur. J'ai hâte de me retrouver dans ce pays si simple, si ouvert.

Mercredi 17 mai, Pierregot

Ordre a été donné de nous rendre près d'Ypres pour un complément d'entraînement. Ça nous changera, mais peut-être vaut-il mieux un danger qu'on connaît déjà. Les cauchemars n'ont pas cessé.

Mardi 23 mai, près d'Ypres

Cette partie du front est très différente de cette bonne vieille vallée de la Somme. Ici, dès les premiers jours de la guerre, il y a eu de durs combats. Nous avons traversé Ypres ce matin. La ville est en ruines, avec des rues étroites sillonnant les décombres. La cathédrale et la halle aux draps ont dû être des édifices imposants – la cathédrale est bien plus grande que l'abbaye de Paisley –, mais les bombardements les ont réduits à de vulgaires carcasses grillées. Quelques civils vivent toujours dans les caves et grappillent une maigre existence parmi les ruines, mais la ville est majoritairement aux mains des militaires, qu'ils aillent au front ou en reviennent. D'heure en heure, des obus tombent au hasard. C'est vraiment un endroit déprimant.

On a l'impression ici que la guerre est un état normal, qui existe depuis toujours et va durer ainsi. Le paysage moins abîmé de la Somme porte davantage à l'espoir. Dieu merci, c'est là que nous attaquerons.

Nous sommes logés dans une petite ville proche d'Ypres et allons recevoir un entraînement de plusieurs jours : bombardement et nettoyage de tranchées. Je pense que nous sommes montés jusqu'ici pour laisser la place à de nouvelles unités, qui vont se familiariser avec la vallée de la Somme avant la Grande Offensive. Nous, après tout, nous y sommes en terrain connu puisque nous n'avons guère bougé de là depuis novembre.

Le point important, c'est que, dès la fin de l'entraînement, nous partirons en permission – deux semaines complètes ! Ce sera sûrement l'occasion d'un pique-nique quelque part là-bas. La permission et le fait de te revoir, Anne, sont ce qui me fait vivre, mais, en même temps, je le redoute. Nous n'avons pas parlé face à face depuis six mois. Tes lettres ont été merveilleuses et m'ont remonté le moral en des temps très durs, et pourtant je suis en proie au doute. La dernière fois, nous avons parlé d'amour et de passer nos vies ensemble. De mariage et d'aller au Canada. Mais c'était il y a si longtemps que ça me semble un rêve aujourd'hui. Ressens-tu la même chose? Est-ce toujours ton désir, ou bien es-tu simplement gentille avec moi pour ne pas me vexer?

Je ne suis plus le même. Au cours de ces six mois, je suis passé par des épreuves qui m'ont marqué. Je ne pourrai plus jamais regarder le monde – ou mes congénères – de la même manière. Est-ce la guerre qui a fait de nous des démons capables de massacrer joyeusement nos semblables, ou bien les démons sont-ils simplement cachés en temps de paix? Je ne sais pas. Mais le garçon enjoué, naïf et enthousiaste, que tu disais aimer il y a six mois, n'est plus. Seras-tu capable d'aimer son remplaçant?

Jeudi 25 mai, près d'Ypres

Hugh a bien supporté l'entraînement au bombardement. Il se délecte à l'idée que ces fausses bombes que nous lançons ici et maintenant seront un jour remplies d'explosifs qui tueront et mutileront de pleines brassées de gens. Iain l'a remarqué également :

« Il prend vraiment un plaisir morbide à tuer, qu'il s'agisse de rats, d'Allemands, de Français ou d'Irlandais.

— Crois-tu que Hugh pourrait tuer n'importe qui dans la vie civile ? ai-je demandé.

— Qui sait ? Il pourrait être un assassin. Ou peut-être la crainte de la loi le maintiendrait-elle dans le droit chemin. Mais, maintenant qu'il a pris le goût de vivre en dehors de la loi, pourra-t-il s'y soumettre de nouveau quand tout cela sera terminé ?

— Ceci s'applique certainement à nous tous, ai-je ajouté. On a arraché des millions de gens à une vie normale, paisible, et on leur a donné des fusils et des bombes. Leurs amis meurent sous leurs yeux, et on leur apprend à tuer d'autres êtres humains. Comment pourront-ils jamais redevenir des employés de banque ou des charpentiers ?

— Je n'en sais rien, mais plus la guerre va durer, plus les gens seront différents.

— Oui, ai-je fait. Heureusement, la Grande Offensive va mettre fin à tout ça.

— C'est possible, a dit Iain d'un ton incertain. Pour l'instant, je ne demande qu'une bonne nuit de sommeil, qui me rapprochera d'un jour de notre permission. Deux semaines de lit douillet et de pâtisseries de tante Sadie. Je n'en peux plus d'attendre. »

Moi non plus.

Samedi 27 mai, près d'Ypres

L'entraînement au lancer de bombes s'est terminé aujourd'hui. Nous sommes maintenant tous des experts, même si personne n'y a mis l'entrain de Hugh. Nous repartons demain vers la Somme pour quelques jours avant la permission. L'attente est palpable. Très bientôt, la nouvelle armée de Kitchener va sortir de ses tranchées et montrer au monde ce dont elle est capable. Mais avant toute chose, notre pique-nique. Plus de cauchemars depuis plusieurs nuits.

Jeudi 1er juin, près d'Amiens

De retour à notre place, mais plus loin du front. Les départs échelonnés ont commencé. Certains hommes sont déjà loin. Ce sera notre tour, à Iain et moi, d'ici une semaine environ. L'attente est insupportable. Nous en profitons pour répéter notre attaque, sur une reconstitution des lieux que nous occuperons lors de la Grande Offensive. Pour notre part, il s'agira de ce bon vieux « Château des merveilles », que nous devrons rendre inoffensif grâce à notre artillerie. J'ai vu cet endroit une centaine de fois à travers le périscope et, en temps de paix, je pourrais m'y rendre en dix minutes pour prendre le thé. Il m'est pourtant aussi étranger que la Chine ou la Sibérie et, tant que l'artillerie n'aura pas fait son travail, aussi inaccessible que la Lune.

Nos casques métalliques sont arrivés. Très chics. Ils sont assez lourds, mais ont une confortable doublure de tissu. Ils ont un éclat qui, comme le craint Iain, brillera au soleil levant le matin de notre assaut. Tout ce que je crains, moi, c'est de perdre le mien.

Vendredi 2 juin, près d'Amiens

Encore des exercices sur un terrain factice – cette fois sous le regard de puissants généraux à cheval. Haig est un petit homme fringant qui est resté assis raide comme un piquet tandis que nous chargions. En fait, notre artillerie aura fait un travail si complet que charger ne sera pas nécessaire. Nous traverserons les lignes allemandes au pas, sac au dos, fusils à l'épaule, en rang et en respectant la distance réglementaire entre chaque homme. Nous avancerons d'un pas digne parmi les fortifications détruites et désertées de l'ennemi. Nos puissants explosifs auront démoli les défenses et tué l'ennemi, ou l'auront rendu fou, et les shrapnels auront déchiqueté les barbelés. Ce sera un jour de gloire. C'est plus ou moins ce que nous a dit le général Haig lorsqu'il s'est brièvement adressé à nous après l'entraînement :

« Avec l'aide de Dieu, a-t-il dit, je suis confiant dans notre prochaine victoire. » Il a un accent écossais, mais plutôt distingué. Comme Iain l'a fait remarquer plus tard, on dirait qu'il a la bouche pleine de pruneaux. « Vous êtes animés d'un splendide courage et les barbelés seront bien coupés. Ce sera l'occasion rêvée d'utiliser la cavalerie, une fois que vous aurez effectué votre percée en terrain ouvert. Je crois que la puissance de feu n'est pas un facteur décisif au combat. La victoire se gagne avec de l'enthousiasme et des baïonnettes, ou avec la peur qu'elles inspirent. Votre enthousiasme apportera la victoire à l'Empire. Bonne chance. »

À côté de moi, Iain s'est presque étouffé. « De l'enthousiasme, des baïonnettes et la cavalerie ! » Il chuchotait, mais la colère était nettement perceptible dans sa voix. « Cet idiot s'imagine encore combattre les Zoulous ! Comment peut-il prétendre que la puissance de feu n'est pas importante ? Nous aurons besoin de l'aide de Dieu, mais je suis certain que les Allemands croient aussi que Dieu est de leur côté. »

Iain peut vraiment être rabat-joie. Heureusement, il s'était calmé lorsque nous sommes revenus à notre cantonnement. Il a même passé une soirée tranquille. Je ne me laisserai pas abattre. C'est ce pour quoi nous sommes venus, et nous le ferons. La seule chose qui rende l'attente supportable, c'est la permission maintenant si proche.

QUINZE MOIS D'AVENTURES DANS LES GLACES DU SUD

Sir Ernest Shackleton est rentré sain et sauf, selon un message en provenance de l'Atlantique Sud. L'équipage d'une station baleinière de Géorgie du Sud, dans les îles Falkland, a été stupéfait lorsqu'il a vu trois hommes en haillons arriver en titubant de l'intérieur montagneux de l'île. Après deux années sans le moindre contact avec le monde, Shackleton est revenu. Même si sa tentative de traverser le continent glacé de l'Antarctique s'est soldée par un échec, et malgré le fait que son navire ait été broyé par les glaces, l'explorateur n'a pas perdu un seul homme dans cette incroyable épopée. Sa première question, en reprenant contact avec la civilisation, a été : « Qui a gagné la guerre ? »

Samedi 3 juin, près d'Amiens

C'est vraiment étrange. Shackleton était mon héros. Je me souviens de son départ, ce week-end brumeux avant que le monde n'explose dans cette guerre. Combien j'étais excité ! Mais tant de choses se sont passées. Les héros, à présent, sont ici même, luttant contre un adversaire humain plutôt qu'un ennemi naturel. À quel point le retour de Shackleton a-t-il dû sembler bizarre. Il a quitté la Grande-Bretagne le week-end précédent la déclaration de guerre et il en a été informé par télégraphe dans ces jours grisants où la victoire paraissait à portée de main. Pourtant, la guerre dure toujours. Mais elle n'en a plus pour longtemps, et nous sommes les héros qui allons y mettre un terme.

LA PLUS GRANDE BATAILLE NAVALE DE L'HISTOIRE EN MER DU NORD

Dimanche 4 juin, près d'Amiens

Nous avons été informés aujourd'hui d'un grand combat naval au large du Jutland. J'ai du mal à dissimuler mon excitation. Cela me rappelle les premiers jours de la guerre… alors que je n'étais qu'un enfant. Quel meilleur prologue à notre grande avance qu'une grande victoire de la marine ? À vrai dire, la victoire n'a pas été totale – la flotte allemande a pu rejoindre son port d'attache avant que Jellicoe et Beatty ne la coulent par le fond –, mais qu'elle essaie seulement de montrer une fois encore son nez en pleine mer !

Je trouve fatigante l'attitude négative d'Iain. Quand je lui ai parlé de notre grand succès dans le Jutland, il a répliqué : « Les Allemands se sont repliés dans leurs ports. Et regarde les pertes. Nous avions l'avantage du nombre et de la surprise, et pourtant il y a aujourd'hui plus de marins et de navires britanniques que d'Allemands au fond de l'eau.

— Je suppose qu'ensuite tu vas prétendre que notre Grande Offensive sera un échec ! ai-je crié un peu fort.

— Non. Nos préparatifs ont été bien menés, pour autant que puisse en juger un simple soldat. Mais je ne crois pas que ce sera aussi facile qu'on veut bien nous le faire croire.

— Eh bien, moi, je pense que ce sera facile, et je ne vais pas te laisser gâcher ces instants à cause de ta mauvaise humeur.

— Et ce ne serait pas le moment, a-t-il repris avec un sourire. Ce ne le serait pas pour moi non plus si je devais revoir une belle fille pour un pique-nique prévu depuis si longtemps. Tante Sadie est une personne charmante et adorable, mais Anne, c'est autre chose. »

Nous avons ri tous les deux. Comment ne pas être heureux alors que la fin est en vue ?

LES FRANÇAIS RÉSISTENT TOUJOURS À VERDUN

En dépit des pertes accumulées, les forces françaises continuent de maintenir leur position sur la plupart des fortifications aux environs de la ville clé de Verdun. Des rumeurs non fondées, prétendant que certaines unités refusent de retourner au front et que d'autres avancent en bêlant comme des moutons qu'on emmène à l'abattoir, ne sont que de la propagande allemande. Cependant, les Français, ayant mis presque toutes leurs forces dans ce combat, ne pourront nous offrir qu'un faible soutien lors de notre Grande Offensive.

Mercredi 7 juin, près d'Amiens

Encore deux jours et je serai en route pour une glorieuse permission de quinze jours. Il était temps. Je ne pourrais plus supporter un exercice de plus dans ces tranchées d'opérette.

J'ai parlé un bref instant avec le lieutenant Thorpe aujourd'hui. Il m'avait trouvé en train de lire, comme d'habitude, pendant mon temps libre. C'était une revue de poésie, et je me débattais avec un poème d'un Américain nommé T. S. Eliot. Son langage est souvent coloré, mais je n'ai pas la moindre idée de ce dont il parle. J'étais sur le point d'abandonner lorsque le lieutenant est arrivé.

« C'est un peu ardu pour un jeune garçon, a-t-il dit en jetant un coup d'œil par-dessus mon épaule.

— Pour être honnête, monsieur, je n'en comprends pas un mot. »

M. Thorpe a éclaté de rire. « Je ne peux pas vous blâmer. Certaines pièces de la poésie actuelle peuvent être vraiment obscures. Avez-vous déjà essayé d'en écrire ? »

Ça ne m'était même jamais venu à l'esprit.

— Non monsieur. Je ne suis pas poète.

— Ne rejetez pas l'idée simplement parce que M. Eliot écrit des poèmes difficiles. Vous comprenez M. Kipling, n'est-ce pas ?

— Oui, monsieur, mais est-ce vraiment de la poésie ?

— C'en est absolument, et beaucoup plus de gens tirent du plaisir de la lecture de M. Kipling que de celle de M. Eliot. Quoi qu'il en soit, lisez ce qui vous plaît. La vie est trop courte pour agir autrement. Et chacun a en lui quelque chose d'un poète. »

Là-dessus, le lieutenant Thorpe est reparti. Peut-être que je vais essayer… aussi longtemps que Hugh McLean ne s'en rendra pas compte !

LORD KITCHENER DISPARAÎT

Le maréchal de camp lord Kitchener est mort. Le plus éminent soldat de l'Empire britannique, l'âme de la Nouvelle Armée a trouvé la mort dans les eaux glacées, au large des îles Orkney, lorsque le HMS *Hampshire*, à bord duquel il se rendait en Russie pour remonter le moral des troupes, a été perdu corps et biens après avoir heurté une mine. La nation pleure la mort d'un tel homme, mais son esprit vit encore dans la Nouvelle Armée, plus que jamais déterminée à balayer l'ennemi jusqu'à la victoire.

Jeudi 8 juin, près d'Amiens

Quelle tragédie ! Kitchener de Khartoum restera comme le grand héros de cette guerre. Cette armée dont Iain et moi, Hugh et des millions d'autres faisons partie est la création de Kitchener, mais son rôle est terminé. Si nous sommes victorieux, ce sera grâce à lui et sa mort ne nous arrêtera pas. Il est dommage, pourtant, que le grand homme n'ait pas pu vivre assez pour voir notre succès dans l'offensive à venir.

Une soirée agréable, aujourd'hui. J'ai trouvé un coin tranquille sous les arbres où je peux m'asseoir, penser à demain et rédiger mon journal. Peut-être, si l'envie m'en prend, vais-je essayer d'écrire quelques vers.

Un bataillon de Bantams est cantonné près de nous – des hommes qui veulent se battre mais n'ont pas la taille réglementaire pour l'armée. Ils font partie d'unités spéciales, qui…

Au retour, nous entendons les alouettes

Sombre est la nuit.
Et bien que nous soyons toujours vivants,
nous savons
Quelle sinistre menace est tapie en ces
lieux.

Traînant nos membres endoloris,
nous ne voyons
Que ces marques empoisonnées qui
criblent notre camp…
Dans un sommeil inquiet.

Mais prêtez l'oreille! joie… joie…
joie étrange.
Regardez! les hauteurs de la nuit
résonnent des alouettes invisibles.
La musique pleut sur nos visages
attentifs tournés vers le ciel.

La mort peut tomber de cette ombre
Aussi aisément qu'une chanson…
Mais les chansons n'ont fait que tomber
Comme les rêves d'un aveugle sur le
sable

À la marée pleine de dangers,
Comme les cheveux noirs d'une jeune
fille aux rêves libres de ruines,
Ou ses baisers où se cache un serpent.

Bonne chance,
Isaac Rosenberg

J'ai rencontré un poète... un vrai poète : M. Isaac Rosenberg. J'ai hâte de le dire à M. Thorpe et à Iain.

J'étais assis, adossé à un arbre, en train d'écrire et de jouir de l'inhabituel silence, lorsque j'ai remarqué une courte silhouette qui se rapprochait sous les arbres. J'ai supposé avec raison, comme j'ai pu le constater ensuite, qu'il s'agissait d'un des Bantams que je venais d'évoquer. Il était nu-tête et portait un uniforme de simple soldat. Son visage semblait encombré de traits légèrement trop grands pour lui. Même le front, sous la ligne fuyante des cheveux noirs, était large. Mais son aspect général était agréable, et l'homme m'a souri. Je pense qu'il devait avoir vingt-cinq ans.

« Salut, mon gars », a-t-il dit d'une voix trahissant légèrement l'accent cockney de l'est de Londres. Il s'est accroupi à côté de moi et m'a tendu la main. « Isaac Rosenberg.

— Jim Hay, ai-je répondu en lui serrant la main.

— Ainsi, tu es écrivain ? a-t-il demandé en jetant un coup d'œil à mon carnet.

— Ce n'est qu'un journal.

— Certaines des plus belles œuvres de la littérature ne sont *que* des journaux. Je suis moi-même une sorte de scribouillard. Poète, en fait. »

Alors, je me suis souvenu de son nom. Le lieutenant Thorpe l'avait mentionné au cours d'une de nos conversations sur la poésie et il l'appréciait grandement.

« En effet, ai-je bredouillé. J'ai entendu parler de vous. »

Rosenberg a eu l'air très surpris.

« Est-ce vrai ? Eh bien, vous faites partie d'une compagnie très choisie. J'ai effectivement publié un mince volume de poésie, intitulé *Jeunesse*, mais les ventes n'ont pas excédé une dizaine d'exemplaires. En auriez-vous acheté un ?

— Non, mais mon chef de section, le lieutenant Thorpe, m'a parlé de vous.

— Ainsi, vous avez des conversations littéraires avec vos officiers ? Quelle étrange armée !

— Avez-vous une de vos œuvres avec vous ? ai-je demandé. J'aimerais en lire une.

— Vraiment ? J'ai mes œuvres complètes avec moi. Ici, a-t-il ajouté en montrant du doigt son large front. Voulez-vous réellement entendre quelque chose ?

— Oui, ai-je fait avec enthousiasme.

— Très bien. Voici un fragment d'une pièce à laquelle je travaille en ce moment :

Les ténèbres s'effritent à l'horizon –
C'est le même vieux Temps des
druides que toujours.
Seule une chose vivante a fait frémir
ma main –
Un étrange rat plein de morgue –
Tandis que sur le parapet je cueille un
coquelicot
Que je place derrière mon oreille.
Drôle de rat, ils te fusilleraient s'ils
savaient
Tes sympathies cosmopolites.
Maintenant que tu as touché cette
main anglaise
Tu vas faire de même avec une alle-
mande...

Je lui ai fait répéter le poème jusqu'à ce que je le connaisse par cœur.

« Ce n'est qu'un début, a-t-il dit. Mon idée est de mettre les choses en opposition, ainsi que le fait la guerre. Nous vivons sur la terre, tout comme les rats, mais pour ça ils sont meilleurs que nous. Ils peuvent se déplacer sans crainte, aller voir l'ami comme l'ennemi. Nous sommes plus grands, plus forts, plus intelligents, mais ils survivront plus longtemps. Je veux également introduire davantage de coquelicots… le sang et la mort. »

Je n'ai rien répliqué. Dans ma tête défilaient le souvenir et les images de Hugh torturant le rat.

« Je vous déprime, a-t-il repris, interrompant mes pensées.

— Non, non, ai-je protesté, mais il a levé la main.

— Eh bien, j'ai quelque chose d'autre. Puis-je écrire dans votre journal ? »

Je le lui ai tendu, et il y a écrit ce poème à propos des alouettes. Quand il a eu terminé, il a signé de son nom, avec un paraphe.

« Ce n'est pas très réjouissant, a-t-il dit, mais je ne pense pas que ce soit le temps et l'endroit pour se réjouir. Et les alouettes sont une image de la liberté, au moins. Espérons que cette armée de poètes pourra bientôt mettre fin à cette folie. Continuez votre journal, Jim Hay. Adieu.

— Adieu », ai-je fait tandis qu'il s'éloignait sous les arbres.

Sommes-nous vraiment une « armée de poètes »? C'est une idée forte. Peut-être vais-je essayer de composer quelques vers… un jour.

Mais, pour le moment, je dois raconter mon aventure à Iain et à M. Thorpe. Quelle journée !

LES CANADIENS ENDURENT DE GRANDES SOUFFRANCES, MAIS ILS MAINTIENNENT LA POSITION

Bien que leurs tranchées aient été dévastées par l'explosion de deux puissantes mines allemandes, les soldats canadiens au saillant d'Ypres ont tenu tête aux assauts allemands répétés. Ils ont été repoussés sur deux milles hors de la ville elle-même, mais ils ont résisté fermement.

Vendredi 9 juin, l'après-midi, gare de Victoria, Londres

Me voilà de retour sur le sol natal. Je viens juste de dire au revoir à Iain, qui devait se presser pour attraper le train qui le conduira vers l'ouest, chez tante Sadie. L'express de nuit pour l'Écosse ne partira que dans quelques heures.

Je suis assis au milieu de mon paquetage, adossé à une de ces colonnes de fonte décorées qui supportent le toit vitré de cet édifice rempli d'échos. Et pourtant, il y a moins de vingt-quatre heures, j'étais adossé à un arbre parmi le bruit des canons, et je discutais avec Isaac Rosenberg. Iain n'a pas été impressionné par ma rencontre autant que je l'aurais souhaité, et je n'ai pas eu l'occasion d'en parler au lieutenant Thorpe. Il me faudra attendre.

Ça grouille tout autour de moi. Les trains en provenance de la côte sud arrivent continuellement et amènent des soldats en permission ou des blessés. La plupart ont encore de la boue française aux bottes, et tous ont l'air légèrement abasourdis. Londres a été bombardée par les zeppelins, mais la vie continue presque comme à l'époque d'avant-guerre. Ce qui est habituel maintenant, c'est de vivre sous terre avec les « étranges rats pleins de morgue », la boue, les fusils et le danger d'une mort imminente. Pas étonnant que les soldats soient ébahis. Certains hommes crient, chantent et fanfaronnent à propos de ce qu'ils vont faire pendant leur permission ; d'autres se fraient un chemin parmi le chaos de bagages et de corps, concentrés sur leur destination finale qu'ils peuvent corriger à loisir ; d'autres encore, comme moi, sont assis dans une activité forcée, s'occupant du mieux qu'ils peuvent.

J'ai peine à croire que, demain, je serai avec toi, Anne. Je suis excité et terrifié à la fois. J'espère que je pourrai dormir dans le train.

Vendredi 9 juin, la nuit, dans le train quelque part au nord de Londres

Je me réfugie dans mon journal. Je m'isole de mon compagnon de compartiment. C'est un homme d'affaires qui revient dans le Yorkshire après avoir conclu un contrat juteux en ville. Le problème est qu'il n'arrête pas de bavarder et d'étaler un insupportable enthousiasme pour la guerre. J'ai essayé de lui faire saisir, par tous les moyens que j'ai pu trouver, que je voudrais simplement dormir, mais il refuse de comprendre. Il parle aussi du succès qu'il connaît dans les affaires – il dirige une usine qui fabrique des bombes pour l'armée – et de la noblesse de notre cause. Il me fait penser au plaisir que prendrait Hugh à utiliser une de ses bombes pour détruire un autre être humain. On ne devrait pas tirer de profits de cette activité.

Son deuxième sujet me dégoûte, en partie parce que son attitude me ramène péniblement à celle que j'avais au début de la guerre, prenant plaisir avec jubilation à de soi-disant nobles événements qui n'étaient rien d'autre que la mort et la souffrance galopantes. Comment réagirait ce petit profiteur prétentieux s'il se retrouvait dans une tranchée à demi effondrée, dans des vêtements dégoûtants et pleins de poux, mort de peur au son des balles et des explosions, et voyant le corps pourrissant d'un camarade mal enseveli dans le mur de la tranchée ? S'il ne mourait pas sous le choc, il aurait peut-être le droit de parler de ces choses.

Il y a un infranchissable abîme d'expérience entre lui et moi. J'ai la moitié de son âge, mais c'est lui, l'enfant. J'ai vu et fait des choses qu'il ne peut pas comprendre et que je ne peux pas lui expliquer. Son souci restera son affaire et son profit, et je ne crois pas que cela soit jamais important pour moi. Pourrons-nous franchir cet abîme lorsque la guerre sera terminée ? Comprendras-tu, Anne ?

Je vais essayer de dormir, maintenant.

Samedi 10 juin, tôt le matin, plus très loin de Glasgow

J'ai bien dormi malgré tout. Pas de mauvais rêves. Quand je me suis réveillé, le soleil se levait au-dessus des collines tapissées de bruyère, et le petit bonhomme ennuyeux avait disparu.

Nous arrivons bientôt. Je me suis lavé et j'ai tâché d'être aussi présentable que possible. J'ai tenté d'écrire davantage à propos de ce que je ressens, mais ma main tremble et je suis plus effrayé que je ne l'ai jamais été au front. J'ai décidé que si tu ne m'aimes plus, Anne, je repartirai immédiatement au front. Je ne supporterais plus d'être près de toi autrement.

Ce ne sera plus long maintenant. Je dois essayer de me calmer !

Dimanche 11 juin, Paisley

Je suis l'homme le plus heureux du monde ! Le ciel est plus bleu pour moi ; les oiseaux chantent plus juste ; les fleurs sentent meilleur. C'est comme si j'allais exploser de pur bonheur. J'ai besoin de chanter. Je veux danser.

Quelle absurdité ! Mais je ne peux pas m'en empêcher.

Toutes mes craintes se sont envolées. Anne m'aime, et j'ai deux merveilleuses semaines de béatitude devant moi.

Ceci est inutile. Les mots qui dansent dans ma tête sont inconvenants sur cette page. Je vais les garder dans mon crâne.

LES CANADIENS REPRENNENT LE MONT SORRELL AU COURS D'UNE DRAMATIQUE ATTAQUE DE NUIT À LA BAÏONNETTE

Les troupes canadiennes, si rudement malmenées il y a quelques jours seulement, ont repris leurs tranchées au cours d'une des plus spectaculaires attaques de la guerre. Protégées par l'obscurité, sans support massif de l'artillerie et avec l'ordre de ne pas tirer, elles ont balayé les positions allemandes et délogé l'ennemi.

Jeudi 15 juin, Paisley

Je suis plus calme à présent. Je suis toujours l'homme le plus heureux du monde, mais mon bonheur est plus serein. Surtout grâce au père d'Anne, qui est un roc de bon sens dans le torrent de notre amour. (Je dois veiller à ne pas déborder encore...)

Anne et son père m'ont retrouvé à la gare samedi matin. Cela a été un moment délicat. Je crois que ni Anne ni moi n'étions certains de ce que ressentait l'autre. Son père a dû soutenir la conversation pendant que nous revenions à la maison. Ensuite, nous avons pris le thé, mais l'ambiance est restée terriblement tendue tout au long de la matinée. Je me suis lavé, j'ai déballé mes affaires et je les ai rejoints au salon avant le déjeuner.

Pendant un moment, nous avons parlé pour ne rien dire. Même lorsque le père d'Anne nous laissait seuls à dessein, nous nous cantonnions dans de petits bavardages embarrassés. Combien de temps cela aurait-il duré, je ne sais pas. Heureusement, avant de passer à table, M. Cunningham a explosé : « Bon sang, vous deux ! Allez-vous passer ces deux semaines entières à vous regarder en chiens de faïence et sans vous dire un mot ? Au cas où vous ne l'auriez pas remarqué, il y a une guerre. Le temps est trop précieux pour être perdu. » Il s'est tourné vers moi. « Toi, Jim, Anne est amoureuse de toi. Elle me l'a dit et redit jusqu'à ce que j'en aie mal aux oreilles. »

Anne est devenue écarlate, mais son père a levé la main et elle n'a rien dit.

« Et toi, Anne, ça crève les yeux que Jim, ici présent, est amoureux de toi. Il a l'air d'un chiot malade, et je crois bien que, s'il n'est pas trop timide, il va bientôt ramper à tes pieds. »

Ç'a été à mon tour de rougir.

« Alors voilà, tout a été mis sur la table. Vous vous aimez et vous n'avez que peu de temps. Il y a un excellent repas froid dans la salle à manger et je vais en profiter. Je vous suggère de parler sérieusement. Mais pas trop longtemps, si vous voulez qu'il reste un peu de nourriture sur la table. »

Là-dessus, il a quitté la pièce à grands pas. Anne et moi, nous nous tenions debout, le visage rouge, ahuris, le regardant s'éloigner. C'est Anne qui a rompu le silence : « Il a raison, tu sais. C'est vrai que je t'aime toujours. »

Mon cœur battait si fort que je me sentais tout étourdi. « Je... j'avais peur que ce ne soit plus le cas, ai-je bégayé. Je t'aime. »

Nous sommes tombés dans les bras l'un de l'autre et nous nous sommes embrassés. Je n'avais plus besoin de parler après ça.

Quand nous sommes enfin allés déjeuner, le père d'Anne était en train de s'attaquer de bon cœur à un plat de viande froide. Il s'est lancé dans la conversation comme si de rien n'était, disant son contentement de me voir revenu sain et sauf, et son désir de poursuivre nos soirées de lecture de poésie.

Je lui ai raconté ma rencontre avec Rosenberg et lui ai promis de lire le poème qu'il m'a écrit. J'ai l'impression d'être vraiment rentré chez moi.

Dans l'après-midi, Anne et moi avons refait connaissance. Nous avons changé tous les deux, mais je crois qu'il s'agit essentiellement de maturité. La guerre nous oblige certainement à mûrir plus rapidement.

Depuis, nos journées se sont déroulées dans la félicité, chacun redécouvrant l'autre et nos lieux de prédilection. La ville est certainement moins animée que lors du glorieux été perdu de 1914. Beaucoup de structures métalliques ont été abattues – profitant aux usines d'armement. Les vêtements sont plus ternes que dans mon souvenir, et les lumières sont éteintes la nuit par crainte des zeppelins. Mais les gens sont enjoués.

Le père d'Anne nous laisse à nous-mêmes, sauf pour les soirées, lorsque nous parlons et lisons à voix haute. Il est beaucoup question du Canada, qui sera le pays idéal pour mener une nouvelle vie une fois que tout ceci sera terminé.

Tout est idyllique – et dimanche, nous irons enfin pique-niquer. Il le faut. Qu'il pleuve ou non. Nous prendrons l'autobus jusqu'à un endroit dont je me souviens près de la rivière. C'est un coin parfait et, même si nous devons nous asseoir sous des parapluies, nous aurons notre pique-nique !

Tout ceci en seulement cinq jours.

Dimanche 18 juin, Paisley

Je suis tellement fatigué et heureux que je ne peux pas aller me coucher avant de noter par écrit quelque chose de la journée la plus merveilleuse de ma vie.

Anne et moi sommes mariés !

Pas au sens légal, mais qu'est que ça change ? Cet après-midi, sous le meilleur des arbres, près de la meilleure des rivières, dans le meilleur des mondes, nous avons fait l'amour.

Je ne devrais peut-être pas écrire de telles choses. Mais pourquoi pas ? Ça n'a rien de mal, même si les gens prudes le pensent. Comment quelque chose d'aussi beau pourrait-il être malsain ?

Nous ne sommes plus qu'un maintenant et nous le resterons toujours. Je ne me souviens même plus de la guerre.

Mardi 20 juin, Paisley

Seconde semaine, déjà. Comment le temps peut-il filer si vite ?

Aujourd'hui, nous sommes allés à la maison de maman. Elle a été condamnée et mise en vente. Le produit de sa propriété, une somme raisonnable à ce qu'il semble, sera administré par un fidéicommis jusqu'à ce que j'atteigne mon dix-huitième anniversaire. Les notaires voulaient attendre le vingtième, mais M. Cunningham a protesté que j'étais déjà soldat et que j'aurais besoin de cet argent dès que la guerre serait terminée.

Il semble donc qu'Anne et moi serons assez à l'aise. Nous parlons beaucoup d'aller au Canada et de recommencer à zéro.

Soudain, samedi et le train qui me ramènera en France se rapprochent dangereusement. J'irai – il n'y a pas l'ombre d'un doute. Le travail doit être fait et je me suis promis d'en voir l'achèvement. Mais les liens qui me retiennent ici sont plus forts que lorsque je me suis embarqué pour la première fois.

Et si je ne reviens pas ? Ce serait vraiment un destin cruel de mourir alors que ma vie vient juste de s'ouvrir si merveilleusement mais, même à l'heure de notre grande victoire, je pourrais être de ceux qui n'auront pas eu de chance.

Mercredi 21 juin, Paisley

Anne et moi allons nous marier ! J'ai bégayé ma demande ce matin tandis que nous marchions dans la lumière du soleil. Je ne me suis pas montré très romantique et je n'ai pas encore d'alliances, mais Anne a dit oui. Nous nous marierons vendredi.

Anne voulait attendre la fin de la guerre, et j'aurais aimé avoir Iain comme témoin, mais il faut le faire maintenant. D'une part, la guerre peut encore durer des mois, et beaucoup de choses peuvent arriver pendant ce temps. Et puis, s'il m'arrive quelque chose et que nous sommes mariés, Anne héritera automatiquement de moi. Mais rien ne m'arrivera, et l'argent servira à acheter une ferme au Canada pour y commencer une nouvelle vie.

Jeudi 22 juin, Paisley

Une journée folle. Anne et moi avons acheté les alliances. Elle a une robe neuve et j'ai acheté un costume, bien qu'il ait été parfaitement convenable de me marier en uniforme. Mais je ne veux rien qui me rappelle que cette guerre va nous séparer dès le premier jour de notre mariage. M. Cunningham a été fantastique, il a réglé les innombrables détails et s'est occupé d'aplanir toutes les difficultés bureaucratiques. Nous n'aurions rien pu faire sans lui.

Au milieu de cette agitation, j'ai accompli une tâche que je m'étais promis de faire mais que j'avais toujours reportée – je suis allé voir la mère d'Albert. Elle avait reçu ma lettre (merci, lieutenant Thorpe) et elle m'en était reconnaissante. Elle avait les yeux rouges et voulait simplement être rassurée sur le fait qu'Albert n'avait pas souffert. Je m'en suis tenu à la version de ma lettre, ainsi ne saura-t-elle jamais comment son fils est vraiment mort. Qu'est-ce qu'un petit mensonge parmi toute cette horreur, surtout si ce mensonge apporte un peu de réconfort à une femme solitaire ?

Ce soir, le père d'Anne a lu « Adieux : la fin du deuil », de John Donne. Il l'a choisi pour nous, vu qu'il y est question d'éviter « les flots de larmes et les tempêtes de soupirs » lors de la séparation des amants. Le poème parle de l'âme de deux amants qui, loin d'être brisées par la séparation, s'allongent et s'étirent « comme l'or martelé jusqu'à la transparence ». Je garderai cette image avec moi.

Demain, Anne et moi serons mari et femme. C'est merveilleux !

Samedi 24 juin, dans le train vers le sud

Je suis un homme marié – même s'il me manque quelques semaines pour avoir dix-huit ans. Je suis marié et je repars à la guerre. Quelle époque étrange.

Iain est assis en face de moi. Le père d'Anne lui a télégraphié la bonne nouvelle chez sa tante Sadie. Iain a pris le train de nuit et s'est présenté à notre porte vendredi matin, juste à temps pour être mon témoin. Apparemment, tante Sadie a insisté pour qu'il vienne, même s'il n'avait pas envie de la quitter aussi tôt. C'est une femme extraordinaire et je lui en serai éternellement reconnaissant. Le fait que Iain soit là a comblé ma journée.

La cérémonie de mariage a été brève et austère, mais rien n'aurait pu entacher notre joie. Nous nous sommes promis d'avoir, après la guerre, une cérémonie convenable à l'église, avec des fleurs et des demoiselles d'honneur et tout. Mais pour le moment, nous nous sommes contentés d'une cérémonie civile et d'un déjeuner au Royal Hotel. En rentrant à la maison, nous avons constaté que M. Cunningham avait arrangé la chambre nuptiale pour nous.

Dire qu'il y a à peine quinze jours j'étais dans le train, tentant d'ignorer un abominable homme d'affaires, seul et rongé de doutes. Ça me semble tellement bête aujourd'hui. JE SUIS MARIÉ AVEC ANNE ! J'ai encore du mal à le croire.

C'était très dur de partir ce matin, mais ça ne durera pas. Notre attaque finale est proche, et je rentrerai par la suite pour refaire une nouvelle vie. Je suis vraiment heureux.

UN SOLDAT CANADIEN CITÉ POUR SA BRAVOURE

Un soldat canadien, Arthur Hewitt, a été proposé pour la Médaille militaire pour un acte de bravoure extraordinaire et généreux dans les tranchées françaises.

Dans la nuit du 14 juin dernier, alors que les Canadiens donnaient l'assaut pour reprendre leurs positions sur le mont Sorrell, le deuxième classe Hewitt et son unité ont nettoyé avec succès une portion de la tranchée ennemie. Ils se préparaient à l'attaque de la tranchée suivante lorsqu'une grenade a atterri dans la section du soldat Hewitt. L'explosion dans un espace aussi confiné aurait tué plusieurs hommes et aurait blessé les autres. Sans penser à sa propre sécurité, la deuxième classe Hewitt s'est jeté sur la grenade. L'explosion l'a tué sur le coup.

Indubitablement, l'action immédiate du soldat Hewitt a sauvé la vie de plusieurs de ses camarades. Son nom a été inscrit pour la Médaille militaire, tout nouvellement créée pour récompenser les actes de bravoure individuelle.

Le soldat Hewitt était de Gravenhurst, en Ontario.

Dimanche 25 juin, Pierregot

De retour sur nos lieux familiers. Le choc a été terrible. Le bombardement préparatoire à notre grande attaque a commencé hier, et il est assourdissant, même à cette distance du front. La nuit, le ciel est illuminé par les hautes trajectoires courbes des obus, les balles des mitrailleuses lourdes et les fusées éclairantes. C'est comme un feu d'artifice offert aux dieux.

Le paysage a dramatiquement changé. Des routes et des lignes de chemin de fer légères sont apparues un peu partout et la campagne est hérissée de dépôts de munitions et d'obus. Il est réconfortant de voir la masse d'équipement qui nous soutient. Moins encourageants sont les services militaires d'urgence omniprésents. Espérons qu'ils resteront vides.

C'est étrange comme je me suis rapidement adapté. Bien sûr, Anne et ma nouvelle vie à la maison me manquent cruellement, mais le monde, ici, malgré tous ces changements, m'est si familier que je n'ai pas besoin de réfléchir – je me contente d'exister, et j'éprouve une certaine attirance à cela. Il y a aussi un sentiment d'espérance dans tout ce que nous faisons. C'est pour ça que nous nous sommes enrôlés... que nous sommes nés, dirait-on. L'excitation est presque palpable tout autour de moi.

Demain, nous travaillons et nous nous reposons ici avant de nous rapprocher de nos positions. Personne n'a envie de se reposer, même si nous savons que nous ne dormirons pas la nuit prochaine, aussi avons-nous organisé un match de football contre le 17e.

Un exemplaire du *Daily Mail* que j'ai ramassé à Londres fait état de la mort de mon ami canadien, Arthur Hewitt. Il ne m'avait pas fait l'impression d'un type à recevoir des médailles. On ne peut jamais savoir.

ON ENTEND LE GRONDEMENT DES CANONS

Notre bombardement en France est si intense, le plus fort de l'histoire, qu'on peut l'entendre clairement comme un grondement sourd le long des côtes sud de l'Angleterre. On dit même que, quand le vent souffle de l'est, on peut entendre les canons à Londres.

Lundi 26 juin, Pierregot

Je profite de quelques instants fugaces pour écrire avant que nous ne nous mettions en marche, ce soir. Le match de football prévu a eu lieu cet après-midi. Tout s'est bien passé jusqu'à la première mi-temps. Le 17e menait par un but à zéro et attaquait en force. Il y avait tellement de cris et d'encouragements que nous n'avons pas entendu cet énorme obus arriver. Ce devait être un obus perdu, car nous n'avons jamais été bombardés ici auparavant.

Je courais pour aller marquer leur ailier, qui se préparait à remettre au centre, quand une déflagration assourdissante nous a jetés à terre. J'étais ahuri et complètement sonné. Mes oreilles bourdonnaient et des points rouges dansaient devant mes yeux.

L'obus – ce devait être un 5,9 ou même un plus gros calibre – avait atterri derrière nos buts. Heureusement, il n'y avait pas de spectateurs près de là, mais notre gardien n'a pas eu cette chance. Son corps gisait à côté de la surface de réparation, incroyablement tordu et emmêlé dans les filets.

Hugh était assis non loin de là, jurant bruyamment en regardant ses jambes. Elles étaient dans un triste état, la droite presque complètement arrachée.

J'ai été rassuré de voir Iain de l'autre côté du terrain, l'air hébété mais sain et sauf.

Ainsi, Hugh n'aura pas la chance de causer des ravages chez l'ennemi. S'il survit, il ne pourra plus marcher, encore moins se battre. Quelle vie aura-t-il, coincé dans un fauteuil roulant, à supporter l'intolérable gentillesse des gens pourvus de jambes? Néanmoins, j'espère qu'il survivra à l'hôpital. Il était encore conscient et aussi mal embouché que d'habitude quand on l'a emporté sur une civière. C'est une véritable tragédie de perdre des hommes aussi bêtement à la veille d'une grande victoire.

On nous appelle pour rejoindre les rangs. La nuit va être longue, et maintenant il pleut.

DES AUTOMOBILES MOINS CHÈRES BIENTÔT DISPONIBLES

L'industriel américain Henry Ford est le promoteur d'un plan destiné à fabriquer des automobiles accessibles à la plupart des gens qui dépendent aujourd'hui de voitures hippomobiles plus chères. Les effets de ce plan devraient davantage se faire sentir aux États-Unis et dans des pays tels que le Canada et l'Australie, où les distances entre les communautés sont très grandes.

Mardi 27 juin, Authuille

Un village meurtri au sud de Thiepval. De là, nous repartirons en première ligne. L'heure H est fixée à jeudi. Il a plu toute la journée. Le sol est désagréablement boueux en plusieurs endroits.

Je craignais que mon rêve avec le chien noir ne revienne la nuit dernière. Il semble qu'il le fasse après un choc – assister à l'exécution de Crozier ou à quelque horreur dans les tranchées – et j'ai pensé que la tragédie survenue à Hugh allait le rappeler. Mais j'ai bien dormi. Peut-être ne le reverrai-je plus.

Aussi près du front, l'effet des bombardements est impressionnant. C'est comme si nous nous trouvions sous un parapluie d'acier. On peut même suivre les trajectoires individuelles des obus de 15 pouces. Bien que le bombardement soit plus intense le matin et le soir, le grondement est ininterrompu. La nuit, le ciel est brillamment éclairé et le claquement des mitrailleuses à longue portée s'ajoute au vacarme. La réponse allemande est minimale. Il est même possible de marcher à découvert sans peur. Beaucoup d'entre nous le faisons pour voir le bombardement. Au loin, les tranchées ennemies se détachent comme des lignes blanches gravées sur les collines. Des herbes folles font des taches jaunes et le rouge des coquelicots éclate parmi les champs verts. C'est très coloré – contrastant avec les fumées de nos explosifs, panaches jaunes, noirs ou blancs. Ils ont presque l'air inoffensifs, bien qu'ils ne le soient certainement pas pour les Allemands pris dessous.

Au-dessus de nous, les forces aériennes prennent des photographies des dommages infligés par l'artillerie et maintiennent les avions allemands à distance de nos manœuvres. Comme ça doit être délicieux de s'élancer dans les airs comme un oiseau. Mais je ne voudrais par être ailleurs en ce moment. C'est notre tour.

SUPERSTITIONS DE SOLDATS

Ça porte malheur d'être treize à table quand il n'y en a que pour sept.

Ça porte malheur d'utiliser la troisième allumette pour une cigarette.

Ça porte malheur de laisser tomber son fusil sur le pied d'un sergent.

Ça porte malheur d'écouter une conférence sur la glorieuse histoire de votre régiment – ça signifie qu'une grosse attaque est proche.

Ça porte particulièrement malheur de se faire tuer un vendredi.

Mercredi 28 juin, Authuille

Reporté ! De quarante-huit heures. À cause de la pluie, et aussi pour donner à notre artillerie la possibilité de pilonner davantage les barbelés allemands. Apparemment, il est encore intact par endroits. La nouvelle est arrivée dans l'après-midi, alors que nous formions les rangs pour rejoindre notre tranchée d'assaut. Nous sommes donc revenus à notre cantonnement. L'attente sera pénible. Iain a l'air particulièrement déprimé par les nouvelles.

« Nous avions assez d'obus pour cinq jours. Maintenant, il en faudra pour sept.

— Et alors ? ai-je demandé. Ça ne fera que rendre la vie plus désagréable aux Allemands.

— Peut-être, a fait Iain en fronçant les sourcils, mais si la cadence du bombardement faiblit, les Allemands en tireront profit, ils vont réparer les tranchées et regarnir leurs lignes avec des troupes fraîches. Les choses n'en seront que plus difficiles pour nous.

— Iain ! me suis-je exclamé. Ne peux-tu pas être positif ? Il n'y a pas de tranchées allemandes ni d'hommes pour les remplir. Ils ont été réduits en miettes. Nous n'avons pas entendu le moindre son de l'artillerie allemande parce qu'elle a été réduite en miettes. »

LES COMBATS AUTOUR DE VERDUN S'AFFAIBLISSENT

À cause de la fatigue de part et d'autre, l'intensité des combats aux abords de Verdun diminue, sans que la victoire se dessine clairement. À ce jour, les pertes allemandes sont estimées à 281 000 hommes ; les françaises à 315 000.

Jeudi 29 juin, Authuille

C'est aujourd'hui que nous aurions dû attaquer. Au lieu de ça, nous sommes toujours ici. L'attente est dure. Nous ferons partie de la première vague. Dix pour cent des hommes doivent rester en réserve. Iain dit qu'ils serviront à former le noyau d'un nouveau bataillon si nous ne revenons pas. Ce qu'il peut être déprimant !

En tout cas, nous serons un peu plus de 700. Ça devrait amplement suffire pour prendre possession de notre étroite bande de tranchées vides. Dans la nuit de demain, nous allons prendre place à nos points d'assaut dans le *no man's land*. Nous devrons jaillir de là à 7 h 30 samedi matin. Quel grand jour sera le 1er juillet 1916 pour l'histoire britannique !

Vendredi 30 juin, Authuille

L'après-midi tire sur sa fin et nous allons y aller dans moins d'une heure. Nous sommes tous chargés d'au moins soixante livres d'équipement, mais notre moral est si haut que nous n'en sentons pas le poids.

Le lieutenant Thorpe est venu me voir dans l'après-midi pour m'offrir une place parmi les dix pour cent qui resteront à l'arrière.

« Ça n'a rien de déshonorant, a-t-il dit. Quelqu'un doit le faire, après tout. »

Mais j'ai trop longtemps attendu ce moment.

Lorsqu'il est devenu clair qu'il ne pourrait pas me convaincre, nous avons eu une longue conversation dans la lumière de l'été. Pas du tout comme officier et simple soldat, mais comme deux vieux amis. Je lui ai raconté ma rencontre avec Isaac Rosenberg et je lui ai montré le poème écrit dans mon journal. Il m'a parlé de sa famille, en Angleterre, et de la grande vie qu'ils menaient avant la guerre – chasse au renard ou thé avec des gens célèbres. Je lui ai parlé du sacrifice de papa, de la maladie de maman, et de toi, Anne, et de notre mariage précipité. J'ai presque été surpris par ma propre éloquence.

« Vous l'aimez beaucoup ? a demandé M. Thorpe quand j'ai eu fini.

— Oui, énormément.

— Vous êtes un couple chanceux. Gardez la tête basse demain et restez près de moi. Comment avance votre journal ?

— J'écris dès que j'en ai l'occasion, ai-je répondu, surpris par la question.

— Parfait. Vous y avez passé beaucoup de temps. Cela fera peut-être un document de valeur, un jour. »

J'ai ri, mais il était sérieux.

« Nous vivons une époque extraordinaire. Ce que nous disons, faisons ou pensons, même si cela paraît insignifiant sur le moment, peut devenir important avec le temps. Qu'allez-vous en faire pendant l'assaut ? »

J'ai hésité, car j'avais décidé de l'emporter avec moi. C'est contre le règlement, mais je n'ai aucun moyen de savoir jusqu'où nous avancerons et quand je pourrai revenir le chercher. De plus, je souhaite coucher par écrit ce grand événement le plus rapidement possible.

Le lieutenant Thorpe a remarqué mon hésitation. « Allez-vous le prendre avec vous ? » a-t-il demandé.

J'ai hoché la tête.

« Disons que vous n'avez rien dit. Et faites en sorte que personne d'autre ne s'en rende compte.

— Oui. Merci.

— J'aimerais le lire un jour, a-t-il ajouté, quand tout cela sera terminé.

— Certainement, ai-je répondu, mais cela vous paraîtra terriblement ennuyeux.

— Je ne crois pas, a-t-il dit en se levant pour partir. Oh, et assurez-vous que votre nom figure sur le journal. » Puis il a ajouté, comme s'il avait réfléchi après coup : « Et inscrivez le nom et l'adresse d'Anne à l'intérieur de la couverture. »

J'allais lui demander pourquoi, mais il s'est éloigné rapidement. C'est une sage précaution, au cas où il m'arriverait quelque chose, mais je me demande si le lieutenant Thorpe pense que tout se passera aussi facilement que tout le monde le dit. Nous le saurons demain.

Je t'aime, Anne.

PREMIERS RAPPORTS ENCOURAGEANTS

Les premiers rapports de nos forces armées sur la Somme indiquent une progression significative et un grand nombre de prisonniers ennemis. Les unités de cavalerie se tiennent prêtes dans la réserve pour exploiter cette trouée. Pas encore d'information sur les pertes.

Samedi 1er juillet, 7 heures du matin, au front

Me voici revenu à notre partie habituelle du front, mais la tranchée est bondée en prévision de l'attaque. On vient juste de nous distribuer notre ration de rhum et, pour une fois, je l'ai appréciée. Sa chaleur m'a fait du bien et a calmé mon anxiété. Tout le monde est tendu. Certains sont assis sur la marche de tir, dans un silence pensif. D'autres bavardent de façon inconséquente. Beaucoup écrivent des notes ou des lettres à leur bien-aimée, aussi mon gribouillage passe-t-il inaperçu.

Le bombardement s'est relâché durant la nuit, tandis que nous nous démenions pour prendre position, mais il a redoublé et le bruit est presque insupportable. J'espère qu'il fait son effet. Le soleil est bas sur l'horizon, derrière ce qui reste des lignes allemandes. L'étroite bande de ciel au-dessus de la tranchée est d'un bleu parfait. Je peux voir les oiseaux s'y élancer, totalement inconscients. Quel jour parfait ce serait pour un pique-nique !

Notre pique-nique, Anne, était-ce il y a seulement quinze jours ? Cela a été le plus beau jour de ma vie. La couverture rouge étalée dans l'ombre mouchetée du châtaignier, et le jambon et le pain dans le panier que nous emportions à travers champs. L'air chaud, lourd, rempli des odeurs de la campagne et du bruissement des insectes vaquant aux fleurs des prés. Les fourmis avançant vers la couverture au milieu des herbes coupantes comme des lames – préparant leur attaque sur les miettes que nous laissions tomber. Le ruisseau gargouillant parmi les pierres et la vache curieuse mâchonnant pensivement. Cela me semble presque plus réel que la réalité autour de moi. Je suppose que c'est ainsi que je voudrais que les choses soient vraiment. L'esprit est une chose curieuse.

Ta main était si douce et fraîche – la mienne brûlante et moite. Quand tu me regardais, j'étais persuadé que tu voyais l'intérieur de mon âme. Qu'y voyais-tu ? Et quand j'étais tellement confus que j'en pleurais presque, tu me comprenais. Tu as souri et tu as placé ma main sur ta joue. Je sens encore cette main me prendre derrière la tête pour la rapprocher de toi. Alors j'ai entendu chanter une alouette et le reste du monde a cessé d'exister.

Je suis terrifié. Je ne veux pas mourir par une aussi belle matinée. Je veux vivre, revenir à toi, Anne. Je veux t'emporter dans ce navire vers notre nouvelle vie au Canada, pour un éternel pique-nique près du lac. Mes bottes sont canadiennes, te l'ai-je dit ? Le Canada en a envoyé deux millions de paires, toutes de la même pointure. Est-ce que tout le monde là-bas chausse la même pointure ? Peut-être qu'on ne m'autorisera pas à y entrer. Dommage pour Arthur Hewitt. J'aurais aimé visiter ce pays avec lui.

Iain est près de moi, comme une image dans le miroir : même veste kaki, pantalons, sac à dos et casque métallique ; même fusil Lee Enfield au canon court, car ils ont été dessinés pour la cavalerie – t'ai-je dit ça ? Mêmes baïonnettes, grenades, bouteille d'eau et trousse de secours. Nous sommes tous identiques, sauf le lieutenant Thorpe – qui n'a ni casque, ni sac, ni fusil. Il a les yeux rivés sur sa montre, à son poignet gauche. Il a un sifflet à la main droite. Ses lèvres remuent. Il doit réciter de la poésie.

C'est drôle, Anne, ce qui m'effraie est si simple... dans quelques minutes, je vais devenir un des premiers hommes depuis deux ans à me tenir droit dans la lumière du jour sur ce coin du sol français. Il y a une semaine, j'aurais été tué à l'instant, mais les shrapnels et les obus qui ont explosé au-dessus de ma tête pendant des jours ont fait que c'est maintenant possible. Toutes ces heures harassantes de manœuvres et de marches forcées, les cantonnements froids et inconfortables dans des granges exposées à tous les vents ou en plein air, les poux, la boue, la peur – tout a mené à cet instant où je vais me dresser en terrain ouvert. Étrange, n'est-ce pas ?

La canonnade a cessé. Le silence est si épais qu'on a l'impression de se trouver sous l'eau. Je peux entendre un oiseau, un chant haut perché et liquide, un son fragile après celui des canons. Je me demande si c'est une alouette, comme celle de notre pique-nique.

Il est presque l'heure. Je t'aime, Anne. Souhaite-moi bonne chance.

1er juillet, plus tard

Oh, Anne ! Anne ! Anne ! Tout est allé si horriblement mal. Nous n'avons même pas atteint les barbelés allemands. Nous avons essayé. Iain a essayé si fort qu'il n'essaiera plus jamais quoi que ce soit. Est-ce que je devrais continuer d'essayer ? Je ne sais pas. Je ne voulais pas mourir. Aide-moi, Anne. S'il te plaît !

Si au moins je pouvais cesser de trembler et me concentrer. Mais les canons ne me laisseront pas y parvenir. Le bruit est affreux. Il y a du sang sur ma figure. Je crois que j'ai perdu connaissance. Je suis en train de devenir fou !

Non ! Je ne dois pas penser ainsi. Je dois me concentrer. Je vais me concentrer. Je vais te dire ce qui s'est passé. Je suis dans un trou d'obus, dans le *no man's land*. Je ne sais pas depuis combien de temps je m'y trouve. D'après le soleil, je crois que nous sommes toujours le matin. Il y a trois autres hommes avec moi. Deux sont morts et le troisième est en train de mourir. Il gémit sans discontinuer. Son visage… J'essaie de ne pas le regarder. Je dois me concentrer et me souvenir avec précision.

J'ai à peine eu le temps de mettre mon journal à l'abri lorsque M. Thorpe a soufflé dans son sifflet. Cela a résonné affreusement fort. Soudain, nous nous sommes tous retrouvés à escalader le mur de la tranchée, M. Thorpe en tête.

« Allons-y, les gars ! a-t-il crié. Vous vous reposez depuis trop longtemps. Il y a du boulot à faire. »

J'ai lancé mon fusil par-dessus le parapet et j'ai grimpé après lui. J'étais terrifié quand je me suis relevé. Je me sentais si exposé, si vulnérable. Je m'attendais à me faire tuer à tout moment... mais rien ne s'est produit. J'ai vraiment pu regarder autour de moi pour la première fois. Je voyais les trous d'obus et les tranchées allemandes. Plus loin, des panaches de fumée indiquaient où tombaient nos obus. Il y avait de l'herbe sous mes pieds. Il y avait même un arbre encore debout. Au-delà du « Château des merveilles », je pouvais apercevoir une route, un petit bois et un hameau éloigné.

J'ai commencé à me diriger vers eux, mais Iain a agrippé mon bras.

« Hé ! a-t-il dit, n'oublie pas ton fusil. »

Quel genre de soldat s'en va à la bataille en oubliant son fusil ?

M. Thorpe organisait notre formation : en rangs bien alignés, à six pieds de distance, deux pelotons pour chaque 200 mètres, les fusils en travers de la poitrine. La seconde vague à vingt mètres en arrière.

« Allons-y, jeunes gens. En formation. Du cœur ! Distance réglementaire. Le regard droit. Dépêchons, maintenant, il ne faut pas leur laisser la chance de se reprendre. »

Les instructions étaient simples : marcher d'un pas ferme jusqu'aux barbelés allemands et aux tranchées démolies, nettoyer leurs abris et prévenir toute contre-attaque. Puis la seconde vague arriverait, dépasserait la première et assurerait les objectifs du jour. Eux, ils auraient peut-être à combattre. J'étais soulagé que notre tâche soit si facile, mais frustré également.

Nous avons avancé lentement. Après trois pas, j'étais déjà en sueur. C'était une rude affaire, avec tout cet équipement sur le dos. Nous étions des milliers, en rangs impeccables, vers la droite comme vers la gauche. C'était impressionnant. Je pouvais entendre les cornemuses, et il y avait une petite silhouette noire, dans le lointain, frappant dans un ballon de football.

« Restez ensemble ! Pas si vite à gauche ! Du calme ! »

La voix rassurante du lieutenant Thorpe résonnait le long des rangs. Il se trouvait juste devant moi, regardant des deux côtés pardessus ses épaules et agitant son revolver en l'air. Tout à coup, il s'est immobilisé et a mis un genou à terre. J'ai pensé qu'il avait dû laisser échapper quelque chose – peut-être son Keats. C'est la seule chose qui l'aurait fait s'arrêter.

J'allais lui demander si je pouvais l'aider à chercher, mais il a simplement dit : « Continuez. »

J'étais un peu troublé, mais on m'avait dit de ne m'arrêter sous aucun prétexte. Alors, j'ai continué.

Au début, il n'y avait personne devant moi. Puis j'ai vu des formes émerger du sol, comme des lapins sortant pour manger. Elles ont mis un genou à terre et m'ont visé avec leurs fusils. Devant elles, je pouvais voir les barbelés étinceler au soleil. Quelque chose n'allait pas. J'ai cru que j'allais vomir. Les soldats et les barbelés n'auraient pas dû se trouver là. Il y avait aussi une mitrailleuse. Elle émettait un fort tac tac tac, un peu comme la machine à coudre de maman, mais en plus grave.

J'ai regardé les rangs des soldats. Quelques-uns semblaient s'être arrêtés pour se reposer. Ils étaient simplement assis ou couchés. J'ai pensé que peut-être ils étaient en train de ramasser des souvenirs, mais il y avait comme un certain ordre dans leur attitude : ils s'asseyaient un par un, le long du rang, dans le soleil – d'abord un homme, puis son voisin, puis son voisin… Je ne comprenais pas ce qui était en train de se passer. Je me suis tourné pour demander à Iain, mais il s'est contenté de pousser un faible grognement et il s'est assis comme les autres. Il avait l'air surpris. J'ai crié son nom, lui ai demandé ce qui n'allait pas, mais, pour toute réponse, il a émis un gargouillis. Je me suis accroupi et suis passé derrière lui pour l'aider à s'étendre. Son dos, sous le sac, était trempé. Quand j'ai ramené mes mains, j'ai remarqué qu'elles étaient rouges et poisseuses. Puis j'ai vu toute une ligne de trous ronds, nets, qui traversait sa poitrine.

Je crois que j'ai hurlé.

Iain essayait de parler, mais seul du sang sortit de sa bouche. Il a poussé un soupir.

Je ne suis pas très sûr de ce qui s'est passé ensuite. Il me semble que j'ai dit quelque chose à propos de brancardiers qui allaient bientôt venir.

Oh, Anne ! Iain est mort. Il avait l'air si paisible, étendu dans l'herbe. Je dois le dire à tante Sadie. Elle aimera savoir qu'il est mort en paix.

J'ai fermé les yeux d'Iain et je me suis remis en marche. Je ne voyais pas quoi faire d'autre.

Il y avait des masses kaki, comme des tas de linge sale, tout autour de moi. Certains gémissaient ou essayaient de ramper, mais la plupart étaient immobiles et silencieux. Le reste des hommes se trouvait devant moi, une vingtaine environ tout près des barbelés allemands. Ils essayaient de s'y frayer un passage. Il n'y en avait pas. Finalement, la mitrailleuse les a atteints et ils se sont couchés à leur tour.

La deuxième vague m'avait maintenant rejoint. Ils étaient en rangs, eux aussi, mais irréguliers, et leur mouvement m'a entraîné en avant. J'ai regardé en arrière, mais je ne pouvais plus dire quel tas était Iain.

Le premier obus a explosé devant moi vers ma droite. C'était presque beau. Une floraison éclatante au cœur d'un rouge profond. Elle s'est élevée dans les airs, y est restée suspendue une seconde, puis s'est effondrée sur elle-même. J'ai senti le sol trembler.

Bientôt, les obus ont explosé tout autour de moi. Les trois hommes devant moi ont disparu dans un éclair rouge. Notre sergent revenait en chancelant, maintenant de la main ce qui restait de son bras gauche. Il ne cessait de demander : « Où sont les gars ? Où sont les gars ? »

L'odeur me donnait la nausée. Les explosifs sont si âcres qu'ils blessent les yeux et la gorge. J'ai avancé en trébuchant, totalement seul, dans la fumée, l'odeur et le bruit.

Quelque chose m'a frappé à la tête. Ça m'a rappelé la fois où je gardais les buts. J'avais plongé sur une balle basse… et l'avant-centre m'avait donné un coup de pied à la tête ; j'en avais vu trente-six chandelles pendant des heures. En tout cas, quelle que soit la chose qui m'ait frappé, mon casque s'est envolé. Je crois que c'était un éclat d'obus, mais ce pouvait aussi être une balle.

Je suis revenu à moi dans ce trou d'obus. Je suis vivant, Anne. Ma tête me fait terriblement mal et j'ai cet horrible bourdonnement dans les oreilles. Je crois qu'elles saignent un peu. Presque tout le sang sur ma figure vient de là où j'ai été atteint. Ce n'est qu'une égratignure, mais j'aurai un beau bleu à te montrer. Je me demande…

J'ai dû m'évanouir. Le soleil est plus loin dans le ciel et l'homme blessé a cessé de gémir. Je crois qu'il est mort. Ils sont tous morts : Tom McDonald, Albert, Arthur Hewitt, le lieutenant Thorpe, papa, maman, Iain. Il n'y a plus personne d'autre que toi. Je me sens si seul. Ne me quitte jamais, Anne.

Il y a quelque chose que je dois faire. C'est important, mais je ne peux pas me rappeler de quoi il s'agit. Que… je suis si fatigué.

LE CHIEN NOIR EST REVENU.

Je me suis endormi et il est revenu. Mais cette fois, le rêve s'est terminé. Maintenant, je sais ce que je dois faire.

Le chien a bondi de la rivière, a sauté pardessus toi et m'a attaqué comme les autres fois, et je ne pouvais pas faire le moindre mouvement. Mais ensuite, lorsque je t'ai vue, bavardant comme si de rien n'était, j'ai compris que je devais me battre contre le chien, faute de quoi il se retournerait contre toi également. J'ai réussi à me relever et j'ai frappé le chien. Il a hurlé de douleur et s'est enfui vers la rivière. Je me suis senti fier et courageux, et je voulais te dire ce que je venais de faire… mais tu étais partie. Disparue. Puis j'ai vu tante Sadie, debout sur la colline, me faisant des signes. Je me suis mis à courir vers elle. Il fallait que je lui dise quelque chose, mais plus je courais, moins je me rapprochais. Finalement, je suis parvenu à un grand port. Il y avait un grand bateau, sur lequel se tenait tante Sadie. Ton père et toi, vous vous teniez près d'elle, et vous me faisiez tous des signes. C'était le bateau pour le Canada, Anne. Maintenant, je sais ce que je dois faire. Il faut que je voie tante Sadie et que je lui dise, pour Iain. Et puis, tous les deux, nous irons te chercher, toi et ton père, et nous partirons au Canada. Ce sera merveilleux.

Je vais bientôt te revoir, Anne. Nous allons mener une vie de bonheur. Je t'aime, Anne.

COMMUNIQUÉ

Dans la confusion qui a régné à la suite des récentes attaques le long de la Somme, un nombre considérable d'hommes ont été séparés de leur unité. La plupart seront sans doute capables de la rejoindre dans les jours qui viennent. Cependant, certains hommes d'une trempe plus faible ont profité de l'occasion pour prendre la fuite. Manquant à leur devoir, ces hommes doivent être considérés comme des déserteurs de la pire espèce.

Quand ces hommes sont appréhendés, ils doivent être punis le plus durement possible. Il est hors de question que l'armée tolère un tel comportement.

Mardi 4 juillet (je crois)

Je suis dans un abri avec un garde. Je ne sais pas où est situé cet abri, mais le son des canons est distant, et je dois me trouver derrière le front. Je me souviens seulement d'avoir erré dans la bataille, quelqu'un criant mon nom, des soldats défilant, des chevaux, des canons, une voix me demandant où je vais. Je ne me rappelle même pas avoir écrit dans mon journal, au fond de mon trou d'obus. La seule chose dont je me souvienne clairement, c'est notre pique-nique.

Le garde dit qu'on m'a trouvé marchant sur la route et que j'ai refusé de dire ce que j'étais en train de faire et où se trouvait mon unité. Je sais ce que j'étais en train de faire – j'allais vous chercher, toi, ton père et tante Sadie. Nous partons pour le Canada. Mais je ne peux pas leur dire... c'est notre secret.

Je sais que mon écriture est difficilement lisible, mais je ne peux pas empêcher mes mains de trembler. Je ne crois pas que j'aie beaucoup dormi depuis longtemps. J'ai trop peur.

Mercredi 5 juillet, Bouzincourt

Chère Anne,

Je me sens mieux aujourd'hui. J'ai dormi un peu la nuit dernière, et cela m'a fait du bien, malgré les cauchemars qui m'ont hanté. Pas le chien noir – il est parti, je pense. Mais des rêves à propos de gens que j'ai perdus : papa, défilant en me faisant des signes de la main ; maman, polissant l'argenterie ; le pauvre Albert avec la moitié du visage en moins ; Hugh maudissant sa jambe perdue ; et Iain avec ses trous tout ronds en travers de la poitrine. Et tous les autres… qu'on a fait sauter, qu'on a détruits. Je me réveille trempé et glacé, et je ne parviens pas à me rendormir.

Je pleure toujours, et les bruits violents me font sursauter, mais mon tremblement s'est apaisé.

Anne, on va me faire passer en cour martiale pour désertion. Je n'ai pas déserté. C'était peut-être à cause du coup sur ma tête, ou peut-être est-ce la folie de maman qui est en moi. Mais je n'ai pas déserté. Je le leur dirai, et ils m'enverront à l'hôpital jusqu'à ce que j'aille mieux. Ensuite, nous pourrons partir au Canada. Je suis seulement désolé de ne pas pouvoir dire à tante Sadie ce qui est arrivé à Iain. Je ne me souviens pas de l'attaque, mais j'ai mon journal et je vois Iain mourir dans mes rêves.

La cour martiale aura lieu vendredi.

Jeudi 6 juillet, Bouzincourt

Le chien noir est revenu la nuit dernière. Le rêve était comme avant, quand je ne pouvais pas bouger. De nouveau, je me suis réveillé en sueur, certain que le chien allait me déchirer la gorge. Qu'est-ce que ça signifie ? Est-ce que je suis fou ? J'ai tellement peur.

On m'a informé aujourd'hui que M. Thorpe allait assister à mon jugement. Il n'a été que blessé et, contre l'avis des médecins, il a quitté l'hôpital pour venir ici. À présent, je sais que tout ira bien demain. Si au moins je pouvais dormir.

Vendredi 7 juillet, Bouzincourt

Le verdict a été rendu. Le procès n'a duré que deux heures – c'est peu pour décider d'une vie. Les officiers de la cour avaient les uniformes les plus propres et les boutons les plus reluisants que j'aie vus depuis longtemps. Je voulais crier et leur lancer de la boue et répandre le sang de Iain sur cette obscène propreté.

Le lieutenant Thorpe a parlé en ma faveur. Il était pâle et semblait faible dans son fauteuil roulant, mais malgré ça il a été très éloquent. Il a dit que j'étais un bon soldat, en dépit de mon jeune âge. Il a dit que j'étais « sensible ». Imagine un peu ça. Il a dit que le choc reçu sur ma tête m'avait embrouillé les idées, que je ne savais pas ce que je faisais et que j'avais dû errer sans but. Il se trompe, bien sûr. Je savais exactement ce que je faisais et pourquoi, mais c'est notre secret, rappelle-toi.

En tout cas, je ne crois pas que ce qu'il a pu dire ait changé quoi que ce soit. Ils m'ont déclaré coupable. Mais le lieutenant Thorpe dit que beaucoup de sentences de mort sont rendues en temps de guerre. Presque toutes sont commuées en acquittement avec déshonneur. Ça m'ira. Il suffira de ne rien dire au Canada.

Je t'aime, Anne. Je serai bientôt à la maison.

Dimanche 9 juillet, Bouzincourt

Chère Anne,

La décision de la cour martiale a été confirmée par le général Haig. Haig dit que les soldats qui se soustraient aux dangers auxquels sont exposés leurs camarades ne peuvent pas être tolérés. Quelle absurdité – tous mes camarades sont morts – et j'évite les dangers simplement en restant vivant. Mais pas pour longtemps. Je serai fusillé demain à l'aube.

Lundi 10 juillet, Bouzincourt

Chère Anne,

Le ciel s'éclaircit à l'est et on va bientôt venir me chercher. J'ai peur, très peur, mais je ne vais pas me couvrir de ridicule.

Le lieutenant Thorpe est avec moi. Il est resté là toute la nuit. Comme tu ne peux pas être à mes côtés, et puisque Iain est mort, il n'y a personne d'autre que je voudrais voir m'accompagner. Il a été très gentil. Il va être renvoyé chez lui en tant qu'invalide – on ne pense pas que sa jambe se rétablisse jamais tout à fait – et il m'a promis d'aller te voir et de te donner mon journal. En attendant, il t'écrira.

Je me sens étrangement en paix. Les tremblements ont presque disparu. J'ai dormi quelques heures la nuit dernière et je n'ai pas été dérangé par le chien noir ni par les morts. J'ai toujours aussi peu de souvenirs de la bataille et je me rends compte à quel point il était stupide de vouloir rejoindre tante Sadie et de l'emmener avec toi au Canada. Peut-être que j'étais fou, comme maman. Peut-être tout est-il pour le mieux.

Anne, s'il te plaît, souviens-toi de moi avec tendresse et garde-moi une petite place dans ton cœur – ce sera mon immortalité – mais continue ta vie. Trouve quelqu'un d'autre et vis – c'est ça qui compte. Nos rêves de vie ensemble au Canada vont me manquer, mais au moins nous avons fait notre pique-nique.

C'est une belle matinée. Même les canons résonnent moins fort que d'habitude.

Ils viennent me chercher. J'espère que je vais finir proprement.

Je t'aime, Anne. Je t'ai toujours aimée.

Adieu, mon amour.

14 juillet 1916
Bouzincourt

Chère madame Hay

Lorsque vous recevrez cette lettre, vous connaîtrez déjà le destin de Jim. Je sais quel horrible choc cela a dû être, surtout en ce qui a trait aux conditions de sa mort. Comme la plupart des choses dans cette vie, le destin de Jim n'était pas simple, comme vous le montrera le journal ci-joint. C'est un document remarquable et il m'a expressément demandé de vous le remettre dans son intégralité. Tout ce que je puis ajouter, c'est la relation de l'aube fatale.

J'ai passé la nuit du 9 juillet avec Jim, car chaque soldat condamné a droit à un compagnon pour le réconforter. Jim avait été complètement ébranlé par les événements des derniers jours qui restaient pour lui très confus, mais, au fur et à mesure que la nuit avançait, il s'était calmé. Au matin, le Jim que j'avais appris à connaître et à respecter au cours de l'année précédente était revenu. Nous avons parlé de toutes sortes de choses au cours de la nuit et, peut-être, si je viens vous rendre visite (je dois être renvoyé dans mes foyers pour invalidité dans les prochains jours), nous pourrons partager quelques-uns de mes souvenirs.

Le matin du 10 juillet était ensoleillé, et Jim a semblé en tirer du réconfort. Comme on l'entraînait à l'extérieur, il a regardé tout autour de lui, comme s'il essayait de fixer dans son esprit une dernière image de ce monde. Sans résister, Jim s'est laissé asseoir sur une chaise, attacher les mains derrière le dos et épingler l'enveloppe brune sur le cœur. Il ne s'est plaint que lorsque le jeune officier chargé de l'exécution lui a proposé le bandeau, et encore cela n'a-t-il été qu'un bref mouvement de la tête.

Les hommes du peloton étaient du 16e d'infanterie légère des Highlands – mais aucun ne provenait de la compagnie F… on n'avait pas pu trouver assez de survivants valides.

Comme le peloton d'exécution se mettait en place, Jim m'a regardé et m'a souri, sourire que je lui ai rendu. Puis il a dirigé son regard vers le bleu du ciel. C'était vraiment une très belle journée d'été. Le soleil brillait et quelques traînées de brume matinale étaient encore accrochées au sol. Le bleu du ciel était magnifique, si brillant, si vif. Une couleur qu'aucun artiste ne sera jamais capable de capter.

Tandis que le peloton se préparait, je regardais Jim avec attention. Grave et tendu, il paraissait scruter le ciel à la recherche de quelque chose. Au moment où l'officier a donné l'ordre «En joue!», une alouette a traversé son champ de vision. Jim s'est visiblement détendu tandis qu'il suivait des yeux le vol libre de l'oiseau. Nous avons entendu l'alouette chanter, et Jim a souri. Ses derniers mots ont été: «C'est un jour parfait pour un pique-nique».

C'était fini.

S'il vous plaît, ne pensez pas à Jim comme à un lâche. Quiconque n'a pas souffert pendant cette guerre ne peut comprendre l'extraordinaire pression que celle-ci a pu infliger à un jeune homme.

Il y a peu à ajouter, sinon répéter que je rentrerai bientôt chez moi et que j'aimerais beaucoup vous rencontrer, vous et votre père. Jim m'a beaucoup parlé de vous et j'ai presque l'impression de vous connaître. Il avait, je crois, beaucoup de chance. On peut me joindre par la poste militaire.

Je vous prie d'accepter mes profonds regrets et mes sincères condoléances. Jim était un bon soldat, et mon ami.

Avec vous dans la douleur,

Lieutenant Robert P. Thorpe

Mon cadeau d'anniversaire… de mon arrière-grand-père. Comme je repliais la lettre du lieutenant Thorpe, j'ai remarqué que quelque chose était écrit au dos de la dernière page. L'écriture était la même que celle de la lettre, au début. Le message m'était adressé.

Cher Jim,

Si tu es arrivé jusqu'ici, tu as compris quelque chose à propos du jeune Jim Hay. Mais, avant que tu ne refermes ce livre et que tu continues ta vie, il y a une dernière chose que je dois te dire.

Moi aussi je me suis battu dans la guerre de Jim Hay. À la différence de Jim, j'étais officier, même si je ne crois en avoir été un très bon… ma tête était trop pleine de poésie et d'idéaux romantiques. J'aurais peut-être pu devenir un meilleur soldat, mais j'ai été blessé et renvoyé chez moi comme invalide. J'ai tenté de revenir dans ma famille, mais sa vie me semblait tellement vide et frivole après ce que j'avais connu que je ne pouvais plus m'y faire.

Je me suis rendu à une adresse en Écosse, qu'un jeune soldat m'avait donnée. Les gens, là-bas, se sont montrés très sympathiques. Ils m'ont accueilli et nous sommes devenus très proches. La veuve du soldat était enceinte, et tu dois savoir qu'à cette époque, les mères seules, même veuves de guerre, n'avaient pas la vie facile. Avoir un homme auprès d'elle, même une épave dans mon genre, pouvait la soulager.

En tout cas, avec le temps, la femme en est venue à m'aimer, et moi également. Ce n'était pas l'amour romantique et sauvage de ma poésie, pas plus que la passion qu'elle avait connue avec son soldat, mais c'était autant que pouvaient espérer une veuve avec un enfant et un poète estropié ayant perdu ses illusions.

Nous nous sommes mariés et, lorsque la guerre a été terminée, nous sommes venus nous installer au Canada. Cela a été une vie heureuse, je crois, même si nous n'avons pas eu d'enfants.

Je suppose que tu as deviné à présent que j'étais le lieutenant Thorpe et que la veuve du jeune soldat était Anne. L'enfant qu'elle portait lorsque

je l'ai rencontrée, le fils de Jim Hay, était ton grand-père.
Ainsi, c'est Jim Hay qui est ton arrière-grand-père – bien que je t'aime certainement comme si tu étais de mon sang. Ce journal et ces lettres à Anne, qu'elle y a insérées, sont le cadeau qu'il t'a laissé. S'il te plaît, prends bien soin de ce trésor par égard pour nous.

Robert Thorpe

NOTE HISTORIQUE

Le 1er juillet 1916, l'armée britannique a connu la pire journée de son histoire. Près de 20 000 soldats sont morts et 40 000 ont été blessés. Trente-deux bataillons ont perdu plus de 500 hommes chacun, un grand nombre en moins d'une demi-heure et presque tous avant midi. Le 16e bataillon d'infanterie légère des Highlands (la brigade des garçons de Glasgow) a vraiment existé, mais il n'y avait pas de compagnie F. Il a été recruté en quelques jours en août/septembre 1914. Fort de sept cent cinquante hommes, le 16e est monté à l'assaut le 1er juillet 1916. Cinq cent onze hommes ont été perdus, pas un seul n'a franchi les barbelés allemands.

La Bataille de la Somme s'est éternisée jusqu'à l'automne, avec des pertes de plus d'un million d'hommes de part de d'autre. Le village de Thiepval, vers lequel Jim et le 16e d'infanterie légère des Highlands se dirigeaient le 1er juillet, n'a pas été repris avant le 27 septembre. Il n'était plus guère alors qu'un nuage de poussière.

La Première Guerre mondiale s'est finalement terminée avant Noël... 1918. Elle a coûté 10 millions de vies, parmi lesquelles celle d'Isaac

Rosenberg. Il a été tué au cours d'une patrouille de nuit le 1er avril 1918… le jour des farces.

L'état des pertes inclut également 327 Britanniques et soldats de l'Empire, fusillés à l'aube par leur propre camp pour une série de crimes parmi lesquels la désertion, la désobéissance, les menaces envers un officier supérieur et l'abandon des armes. James Crozier était l'un d'eux. Après la guerre, sa dépouille a été transférée de Mailly-Maillet au cimetière militaire de la Sucrerie, à Colincamps, où elle se trouve toujours. Des hommes fusillés pendant la guerre, quarante-neuf au moins avaient moins de vingt et un ans, et trente-deux n'avaient pas de représentant légal à leur procès. Parmi ces fusillés, deux cent onze étaient anglais, trente-huit écossais, vingt-quatre irlandais, treize gallois, cinq néo-zélandais, un sud-africain et vingt-cinq canadiens. Le gouvernement australien n'a pas autorisé l'armée britannique à exécuter un seul de ses hommes.

Ce qui est arrivé à Jim Hay est réellement arrivé, mais pas à un seul homme. Ces faits ont été tirés de l'expérience de plusieurs personnes. Beaucoup d'anecdotes, depuis les adieux du bataillon à tante Sadie sur le quai de la gare jusqu'à l'obus tombant sur le terrain au cours d'un match de football, proviennent de journaux, de lettres ou de récits des 15e, 16e et 17e bataillons d'infanterie légère des Highlands.

REMERCIEMENTS

Le Musée impérial de la guerre, à Londres, conserve des milliers de journaux, de lettres et de récits écrits par des hommes qui se sont battus et ont trouvé la mort dans la guerre de Jim Hay. Le personnel m'a été d'une aide précieuse pour fouiller parmi les histoires qui pouvaient être arrivées à Jim.

Il existe un livre consacré à la journée durant laquelle Jim Hay est monté à l'assaut : *The First Day on the Somme*, de Martin Middlebrook. Il y a aussi des foules de gens intéressants qui s'occupent des vastes cimetières et des monuments qui jalonnent la zone où s'étendait la ligne de front en France. Ces personnes, ainsi que les tombes et les plaques commémoratives qu'ils entretiennent, racontent aussi des histoires.

Ceci est le récit de Jim Hay, mais il n'aurait pas été ce qu'il est sans les conseils de Charis Wahl, qui l'a révisé.

John Alexander Wilson

John Wilson est un auteur très réputé pour ses fictions historiques destinées aux jeunes et aux adultes. Il a écrit *Flames of the Tiger,* un autre roman pour adolescents qui présente le point de vue d'un jeune Allemand par rapport à la guerre, complément intéressant au présent livre, *Au petit matin,* dont le héros est un jeune Écossais. John Wilson vit sur l'île de Vancouver, en Colombie-Britannique, avec sa femme et ses trois enfants.

Collection Deux solitudes, jeunesse

1. **Cher Bruce Springsteen**
   de Kevin Major
   traduit par Marie-Andrée Clermont
2. **Loin du rivage**
   de Kevin Major
   traduit par Michelle Tisseyre
3. **La fille à la mini-moto**
   de Claire Mackay
   traduit par Michelle Tisseyre
4. **Café Paradiso**
   de Martha Brooks
   traduit par Marie-Andrée Clermont
6. **Du temps au bout des doigts**
   de Kit Pearson
   traduit par Hélène Filion
7. **Le fantôme de Val-Robert**
   de Beverley Spencer
   traduit par Martine Gagnon
8. **Émilie de la nouvelle Lune**
   de Lucy Maud Montgomery
   traduit par Paule Daveluy (4 tomes)
12. **Le ciel croule**
    de Kit Pearson
    traduit par Michelle Robinson
13. **Le bagarreur**
    de Diana Wieler
    traduit par Marie-Andrée Clermont

15. **Je t'attends à Peggy's Cove**
de Brian Doyle
traduit par Claude Aubry
Prix de la traduction du Conseil des Arts 1983
Certificat d'honneur IBBY pour la traduction

16. **Les commandos de la télé**
de Sonia Craddock
traduit par Cécile Gagnon

17. **La vie facile**
de Brian Doyle
traduit par Michelle Robinson

18. **Comme un cheval sauvage**
de Marilyn Halvorson
traduit par Paule Daveluy

19. **La mystérieuse Frances Rain**
de Margaret Buffie
traduit par Martine Gagnon

20. **Solide comme Roc**
de Paul Kropp
traduit par Marie-Andrée Clermont

21. **Amour et petits poissons**
de Frank O'Keeffe
traduit par Michelle Robinson

22. **La vie est un rodéo**
de Marlyn Halvorson
traduit par Marie-Andrée Clermont

23. **Coup de théâtre sur la glace**
de Frank O'Keeffe
traduit par Martine Gagnon

24. Sans signature
de William Bell
traduit par Paule Daveluy

25. Au clair de l'amour
de Kit Pearson
traduit par Marie-Andrée Clermont

27. Journal d'un rebelle
de William Bell
traduit par Paule Daveluy

28. Le chant de la lumière
de Kit Pearson
traduit par Marie-Andrée Clermont

29. Une fin de semaine au Ritz
de Frank O'Keeffe
traduit par Michelle Tisseyre

30. Le mystère de l'île au Roc Noir
de Robert Sutherland
traduit par Michelle Tisseyre

31. Klee Wyck
de Emily Carr
traduit par Michelle Tisseyre

32. Meurtres au lac des Huards
de Robert Sutherland
traduit par Michelle Tisseyre

33. Le message de l'arbre creux
de Janet Lunn
traduit par Dominick Parenteau-Lebeuf

34. Si deux meurent...
de Robert Sutherland
traduit par Michelle Tisseyre

35. Les sculpteurs de rêves
de Joan Clarke
traduit par Catherine Germain

36. La part du feu
de Tim Wynne-Jones
traduit par Dominick Parenteau-Lebeuf

37. Le cri des pierres
de William Bell
traduit par Anne G. Dandurand

38. Au petit matin
de John Wilson
traduit par Laurent Chabin

Québec, Canada
2004